# O Pequeno Príncipe

# ANTOINE DE SAINT-EXUPÉRY

# O Pequeno Príncipe

TRADUÇÃO - RAFAEL ARRAIS

Faro Editorial

COPYRIGHT © FARO EDITORIAL, 2022

Todos os direitos reservados.
Nenhuma parte deste livro pode ser reproduzida sob quaisquer meios existentes sem autorização por escrito do editor.

Todo conteúdo original (em francês) é de autoria de Antoine de Saint-Exupéry e se encontra em domínio público (exceto na França e nos EUA).

Faro Pop é um selo da Faro editorial.

Diretor editorial PEDRO ALMEIDA
Coordenação editorial CARLA SACRATO
Revisão BARBARA PARENTE
Capa OSMANE GARCIA FILHO
Diagramação CRISTIANE | SAAVEDRA EDIÇÕES
Ilustrações de capa e internas ANTOINE DE SAINT-EXUPÉRY; ESTRELAS E PLANETAS, AKSOL E KATERINA IZOTOVA ART LAB | SHUTTERSTOCK

Dados Internacionais de Catalogação na Publicação (CIP)
Angélica Ilacqua CRB-8/7057

Saint-Exupéry, Antoine, 1900-1944
    O pequeno príncipe / Antoine de Saint-Exupéry; tradução de Rafael Arrais. — São Paulo :
Faro Editorial, 2022.
    96 p.

ISBN 978-65-86041-08-8 (capa rosa) | 978-65-86041-04-0 (capa azul | 978-65-5957-134-5 (capa azul escura) | 978-65-86041-40-8 (capa verde) | 978-65-5957-284-7 (capa rosa claro) | 978-65-5957-285-4 (capa branca)

20-1056      CDD 028.5

Índice para catálogo sistemático:
1. Literatura infantojuvenil

    1. Literatura infantojuvenil 2. Literatura infantojuve-nil francesa I. Título

**FARO EDITORIAL**

1ª edição brasileira: 2022
Direitos de edição em língua portuguesa, para o Brasil, adquiridos por FARO EDITORIAL

Avenida Andrômeda, 885 – Sala 310
Alphaville – Barueri – SP – Brasil
CEP: 06473-000
www.faroeditorial.com.br

*Para Léon Werth*

Eu peço desculpas às crianças que eventualmente possam ler este livro por esta dedicatória a uma pessoa grande. Mas eu tenho uma razão muito séria para isso: ele é o melhor amigo que tenho no mundo. E tenho outra razão: essa pessoa grande entende de tudo, até mesmo de livros sobre crianças. E tenho ainda uma terceira razão: ele vive na França, onde passa fome e frio.

Ele precisa de algum consolo. E se todas essas razões não são o suficiente, eu dedicarei este livro para a criança que essa pessoa grande já foi um dia. Todas as pessoas grandes já foram crianças — apesar de poucas se lembrarem disso.

E então eu corrijo minha dedicatória:

*Para Léon Werth*
*Quando ele era pequenino*

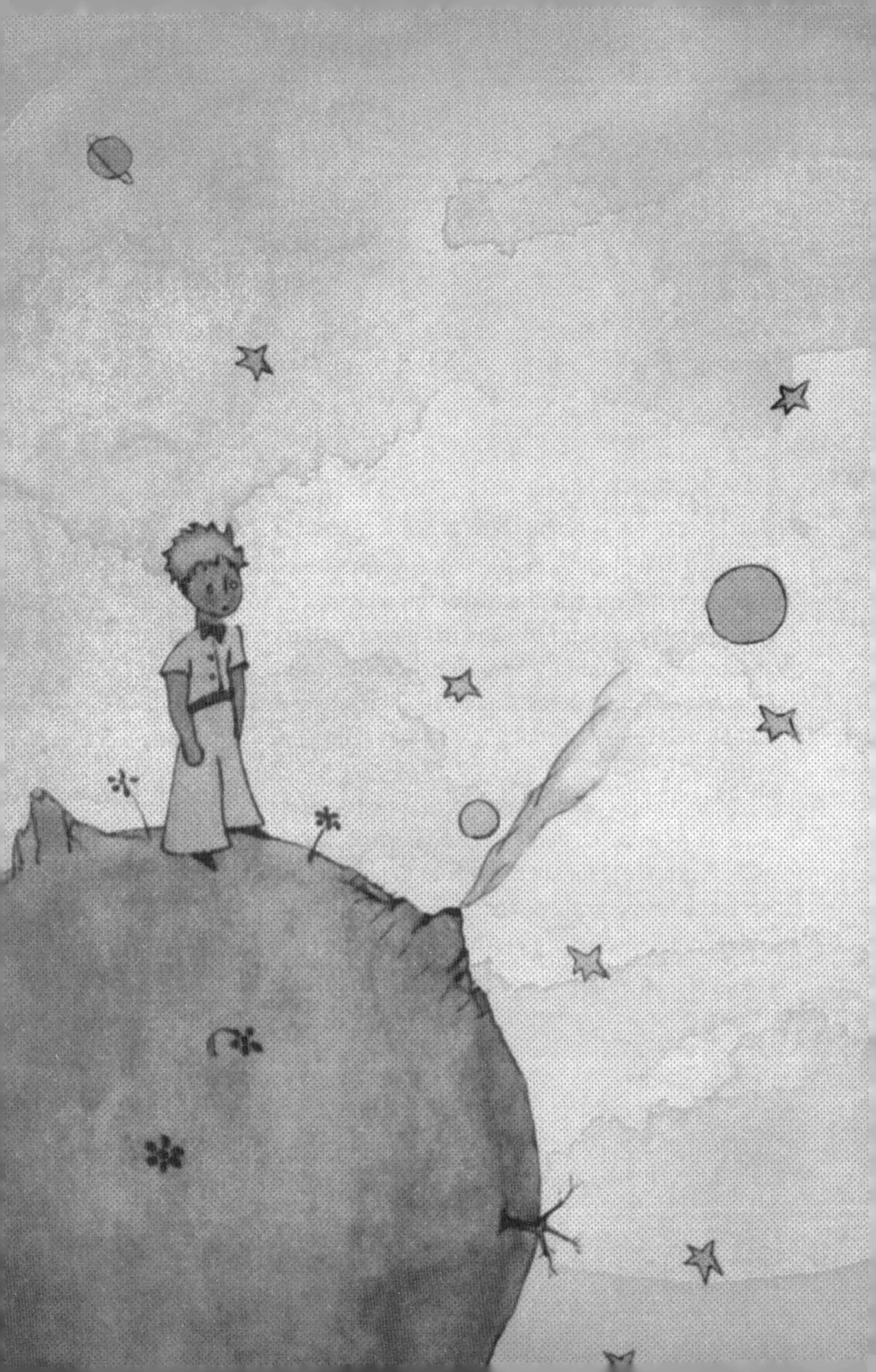

# I

Uma vez, quando tinha seis anos, vi um desenho magnífico num livro chamado *Histórias Vividas*, sobre a floresta primitiva. Era um desenho que mostrava uma jiboia prestes a engolir um animal. Aqui vai uma cópia dele.

No livro era dito: "As jiboias engolem suas presas por inteiro, sem nem mastigar. Depois disso, elas ficam incapazes de se mover e dormem pelos seis meses que necessitam para a digestão".

Eu então refleti profundamente acerca das aventuras da selva, e, após algum trabalho com um lápis de cor, consegui fazer o meu primeiro desenho, meu Desenho Número Um. Ele era mais ou menos assim:

Mostrei minha obra-prima às pessoas grandes, e perguntei se meu desenho as assustava. Mas elas me responderam: "Assustar? Por que alguém se assustaria com um chapéu?".

Meu desenho não era um chapéu. Era o desenho de uma jiboia digerindo um elefante. Mas como as pessoas grandes não conseguiam entendê-lo, eu fiz um novo desenho: desenhei o interior de uma jiboia, assim as pessoas grandes poderiam ver claramente o elefante. Elas sempre precisam de explicações para as coisas. Meu Desenho Número Dois era assim:

Desta vez, as pessoas grandes me aconselharam a deixar de lado meus desenhos de jiboias, fossem elas abertas ou fechadas, e me dedicar a coisas como geografia, história, aritmética e gramática. Foi por isso que, aos meus seis anos, desisti do que poderia vir a ser uma carreira magnífica na pintura.

Eu fui desencorajado pelos fracassos do meu Desenho Número Um e do meu Desenho Número Dois. As pessoas grandes nunca entendem nada por elas mesmas, e é muito cansativo para as crianças ficarem sempre explicando as coisas para elas.

Então eu escolhi outra profissão, e aprendi a pilotar aviões. Eu voei por todas as partes do mundo; e é verdade que a geografia acabou me sendo muito útil. De relance, posso distinguir a China do Arizona. Se alguém fica perdido no céu noturno, esse conhecimento é bem valioso.

No curso desta vida, eu tive muitos grandes encontros com muitas pessoas que se preocupavam com assuntos muito sérios. Eu vivi por um bom tempo entre as pessoas grandes. Eu fui muito próximo e íntimo a elas, mas tudo isso não melhorou muito a opinião que tenho delas.

Sempre que eu me encontrava com uma delas que me parecia mais lúcida à primeira vista, eu fazia um experimento: mostrava a elas o meu Desenho Número Um, que sempre carreguei comigo. Eu buscava saber se aquela era uma pessoa de compreensão verdadeira. Mas, quem quer que ela fosse, um adulto ou uma adulta, sempre me respondia:

"Isto é um chapéu."

Então eu jamais falaria com aquela pessoa sobre jiboias, ou florestas primitivas, ou estrelas. Eu precisava descer ao seu nível de compreensão. Eu conversaria com ela sobre jogos de cartas, e golfe, e política, e gravatas. E a pessoa grande ficava encantada em conhecer um homem tão refinado.

# II

Então eu vivi minha vida solitário, sem ninguém com quem pudesse realmente conversar, até que tive um acidente com meu avião no deserto do Saara, seis anos atrás. Algo estava quebrado em meu motor, e como não tinha comigo nem passageiros nem mecânicos, após o pouso forçado eu me preparei para tentar realizar sozinho o difícil conserto. Para mim, era uma questão de vida ou morte: o que eu tinha de água em meu cantil mal dava para oito dias.

Na primeira noite, eu dormi em plena areia, a milhares de quilômetros de qualquer habitação humana. Eu estava mais isolado do que um náufrago boiando agarrado a uma tábua no meio do oceano. Portanto, você pode imaginar o meu espanto quando, ao nascer do sol, fui despertado por uma vozinha um tanto estranha. Ela disse:

— Por favor, me desenhe um carneiro!

— O quê?!

— Me desenhe um carneiro!

Eu me levantei de um pulo só, como se um raio houvesse me atingido. Esfreguei meus olhos e olhei cuidadosamente em minha volta, foi quando vi um ser pequenino e extraordinário, que estava ali me examinando com grande seriedade.

Aqui você pode ver o melhor retrato que pude fazer dele, tempos depois. Mas ao meu desenho falta certamente o encanto do modelo original.

Eu não tenho culpa se o meu desenho não é tão fiel ao original, afinal as pessoas grandes me desencorajaram a seguir minha carreira artística quando eu tinha somente seis anos de idade, e então eu nunca aprendi a desenhar nada além de jiboias abertas e jiboias fechadas.

Eu olhava para aquela aparição repentina com meus olhos quase pulando das órbitas de tanto assombro. Lembre-se, eu havia me acidentado no deserto a milhares de quilômetros de qualquer região habitada, e ainda assim aquele ser pequenino não parecia estar vagueando perdido em meio aos areais, nem dava quaisquer sinais de cansaço, fome, sede ou medo.

Nada sobre ele me dava qualquer sugestão de ser uma criança perdida no deserto, a milhares de quilômetros de qualquer habitação humana. Quando finalmente consegui dizer alguma coisa, foi isto que lhe falei:

— Mas o que diabos você está fazendo aqui?

E ele me respondeu um tanto vagarosamente, como se falasse de algo muito sério:

— Por favor, me desenhe um carneiro...

Quando um mistério é tão avassalador, a gente não ousa desobedecer. Por mais absurdo que possa parecer, mesmo estando a milhares de quilômetros de qualquer habitação humana e com minha própria vida em risco, eu retirei do meu bolso uma folha de papel e a minha caneta-tinteiro.

Porém, antes de desenhar, me lembrei de como os meus estudos haviam se concentrado em geografia, história, aritmética e gramática, e disse ao pequenino (um pouco mal-humorado, aliás) que eu não sabia desenhar. Mas ele me respondeu:

— Isso não importa. Me desenhe um carneiro...

Mas eu nunca havia desenhado um carneiro, então desenhei para ele um dos dois únicos desenhos que eu sabia fazer, o da jiboia aberta, e fiquei muito surpreso com o que o pequenino me disse ao vê-lo:

— Não, não, não! Eu não quero um elefante dentro de uma jiboia. Uma jiboia é uma criatura muito perigosa, e um elefante é muito pesado e espaçoso... Onde eu moro, tudo é muito pequeno. O que preciso é de um carneiro, me desenhe um carneiro.

Então eu fiz este desenho.

Ele o observou cuidadosamente, e daí me respondeu:
— Não, este carneiro já está muito doente, me faça outro.
Então eu fiz outro desenho.

Meu amigo sorriu gentilmente e me disse:
— Você não vê que isto não é um carneiro? Isto é um bode, ele tem chifres!

Então tive de refazer meu desenho novamente...

Mas ele foi rejeitado como os demais:
— Este é muito velho. Eu quero um carneiro que ainda terá uma longa vida pela frente.

Nessa hora, a minha paciência já estava exaurida, porque eu precisava iniciar o conserto do motor o quanto antes. Então eu rabisquei com pressa este outro desenho, e arrisquei uma explicação para ele:
— Esta é somente a caixa, o carneiro que você me pediu está dentro dela.

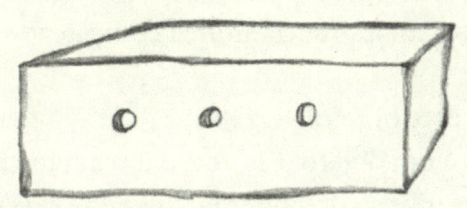

Eu fiquei um tanto surpreso ao ver a face do meu pequenino crítico de arte se iluminar:
— Era exatamente isso que eu queria! Você acha que será preciso muito capim para alimentar este carneiro?
— Por quê?
— Porque onde eu moro tudo é muito pequeno...
— Ora, certamente haverá capim o suficiente para ele, este carneiro que lhe dei também é muito pequeno.

Ele inclinou os olhos sobre o desenho e disse:
— Não é tão pequeno assim... Olha! Ele dormiu...

E foi assim que eu conheci o pequeno príncipe.

# III

Levou um bom tempo para que eu pudesse compreender de onde ele veio. O pequeno príncipe, que me perguntou tantas coisas, nunca dava atenção às perguntas que eu fazia a ele. Foi sobretudo através de algumas de suas palavras ditas ao acaso que, pouco a pouco, o seu mistério me foi revelado.

Por exemplo, da primeira vez em que ele viu meu avião (eu não irei desenhá-lo; isso seria muito complicado para mim), ele me perguntou:

— O que é este objeto?

— Isto não é um objeto. Ele voa, é um avião; o meu avião.

E fiquei orgulhoso de poder ensinar-lhe que eu podia voar... Mas foi aí que ele exclamou:

— O quê?! Você caiu do céu?

— Sim — respondi, com certa modéstia.

— Ora, isso é engraçado!

E o pequeno príncipe descambou numa doce gargalhada, que me irritou bastante. Eu gosto que levem as minhas desgraças a sério... E daí ele complementou:

— Então você também veio do céu! Qual é o seu planeta natal?

Naquele momento, eu percebi um cintilar de luz no impenetrável mistério da sua presença; e eu exigi, abruptamente, uma explicação:

— Você vem de outro planeta?

Mas ele não me respondeu, apenas balançou suavemente a cabeça, sem tirar os olhos do meu avião:

— É verdade que em cima disso você não pode ter vindo de tão longe assim...

E então ele mergulhou num devaneio de pensamentos que durou um bom bocado. Logo após, retirou o meu carneiro do bolso e ficou contemplando o desenho, como se fosse o seu tesouro.

Você pode imaginar como a minha curiosidade aumentou após aquela meia confissão sobre "outros planetas". Eu procurei me dedicar, portanto, a descobrir ainda mais sobre o tema:

— Meu pequenino, de onde você veio? Onde é este "onde eu moro" de que fala? Para onde exatamente deseja levar seu carneiro?

Após algum tempo de reflexão em silêncio, ele disse assim:

— O bom desta caixa que você me deu é que durante a noite o carneiro pode utilizá-la como a sua casa.

— Claro. E se você for bonzinho eu ainda lhe darei uma corda e uma estaca, para que possa amarrá-lo durante o dia.

Mas o pequeno príncipe pareceu chocado com a minha oferta:

— Amarrá-lo?! Mas que ideia estranha!

— Mas se você não o amarrar, ele pode ir pastar muito distante e acabar se perdendo...

Meu amigo deu outra doce gargalhada:

— Mas onde você pensa que ele poderia ir?

— Para qualquer lugar, ora, bastaria seguir numa linha reta e para longe da sua casa.

Então disse o pequeno príncipe, um tanto sério:

— Mas isto não importa. Onde eu moro, tudo é tão pequeno!

E, talvez com um pouquinho de tristeza, complementou:

— Seguindo em linha reta, ninguém poderia ir muito longe...

# IV

Eu havia aprendido um segundo fato de grande importância: que o planeta de onde o pequeno príncipe veio era pouco maior do que uma casa!

Mas isso não me surpreendeu tanto assim. Eu sabia muito bem que para além dos grandes planetas para os quais demos nomes — como a Terra, Júpiter, Marte ou Vênus —, havia ainda centenas de outros planetoides, alguns deles tão pequenos que era difícil observá-los pelo telescópio.

Quando um astrônomo descobre um desses planetinhas, ele não lhe dá um nome, mas apenas uma espécie de código numerado. Ele poderia chamar um deles, por exemplo, de "asteroide 325".

Eu tenho razões muito sérias para crer que o planeta de onde veio o pequeno príncipe é o asteroide conhecido como B-612.

Tal asteroide só foi visto uma única vez pelo telescópio. Quem realizou o feito foi um astrônomo turco, em 1909.

Após o feito, o astrônomo apresentou sua descoberta no Congresso Internacional de Astronomia, numa grande demonstração. Mas como ele usava roupas tradicionais da Turquia, ninguém acreditou no que ele disse.

As pessoas grandes são assim...

Felizmente, no entanto, para a reputação do asteroide B-612, um ditador turco decretou uma lei que obrigava o seu povo a se vestir no estilo europeu, sob pena de morte para quem a desobedecesse.

Então, em 1920, o astrônomo fez novamente a sua apresentação, desta feita vestido com todo o estilo e elegância. E desta vez todos aceitaram a sua descoberta.

Se eu lhe dou tantos detalhes sobre esse asteroide, e ainda lhe trago o seu código numerado, é somente por conta das pessoas grandes e dos seus costumes.

Quando você diz a elas que fez um novo amigo, elas nunca lhe fazem perguntas sobre o que realmente importa saber. Elas nunca lhe dizem: "Como é o som da sua voz? Quais os jogos de que ele mais gosta? Por acaso seu novo amigo coleciona borboletas?".

Em vez disso, elas querem logo saber: "Qual a idade dele? Quantos irmãos e irmãs ele tem? Ele é gordo? Quanto dinheiro tem o pai dele?".

É somente por estas últimas perguntas inúteis que elas acreditam que aprenderam tudo sobre o seu novo amigo...

Se acaso você fosse dizer às pessoas grandes: "Eu vi uma bela casa de tijolos rosados, com flores na beirada das janelas e várias pombas no telhado", elas não conseguiriam ter qualquer ideia de como seria a casa. Você teria de dizer a elas: "Eu vi uma casa que custa uns trezentos mil reais". E só então elas teriam noção e exclamariam: "Nossa, que bela casa deve ser!".

Assim, se você lhes disser: "A prova de que o pequeno príncipe existiu é que ele era encantador, divertido, e que estava à procura de um carneiro. Caso alguém, qualquer um, esteja em busca de um carneiro, esta é a prova de que ele existe", de que isso adiantaria para lhes convencer?

Elas iriam dar de ombros e o tratar como uma criança. Mas se você disser a elas: "O planeta de onde ele veio é o asteroide B-612", daí se convenceriam, e o deixariam em paz.

As pessoas grandes são assim...

Isto não é motivo para lhes querer mal. As crianças devem sempre mostrar grande tolerância para com as pessoas grandes. Para nós, porém, que compreendemos a vida, tais códigos numerados não têm nenhum significado.

Eu gostaria de ter iniciado esta história à moda dos contos de fadas. Eu gostaria de ter começado com algo como: "Era uma vez um pequeno príncipe que vivia num planetinha um pouco maior do que ele próprio, e que estava em busca de um amigo...".

Para aqueles que compreendem a vida, este trecho inicial daria um ar de credibilidade bem maior para a minha história.

Pois eu não quero que ninguém leia o meu livro de qualquer jeito, pulando páginas e parágrafos. Eu tive de passar por imensa tristeza para recuperar essas lembranças. Já se passaram seis anos desde que meu amigo se foi, com o seu carneiro. E se eu tento descrevê-lo aqui, é para me certificar de que eu não o esquecerei.

Esquecer um amigo é algo um tanto triste. Nem todos já tiveram um amigo. E ademais, se eu esquecê-lo, corro o risco de me tornar como as pessoas grandes, que já não se interessam por mais nada além dos seus códigos numerados...

Foi por conta disso, também, que eu comprei uma caixa de tintas e alguns lápis. É complicado voltar a desenhar na minha idade, quando nunca desenhei nada além de jiboias abertas e fechadas, desde os meus seis anos.

Eu certamente tentarei fazer os meus retratos tão próximos da realidade quanto me for possível. Mas eu não estou assim tão certo do meu sucesso. Um desenho pode ficar legal, enquanto outro pode ficar um tanto distante do modelo real. Às vezes também cometo alguns erros quanto à altura do pequeno príncipe: num desenho ele está muito alto, e noutro, muito baixo. E ainda tenho algumas dúvidas acerca da cor da sua roupa.

Dessa forma, eu vou me arriscando nos traços, o melhor que posso, e alguns saem bons, outros maus, e tenho a esperança de que no geral eu consiga manter uma boa média.

Em alguns detalhes mais importantes eu também posso cometer deslizes, mas isto é algo de que não posso me considerar culpado. Meu amigo nunca me explicava nada. Talvez ele pensasse que eu era como ele...

Mas eu não sei como enxergar carneiros através dos contornos de uma caixa. Quem sabe eu já não seja um pouco parecido com as pessoas grandes. Afinal, o tempo passou, e eu envelheci.

# V

Conforme se passavam os dias eu ia aprendendo, em nossas conversas, algo a mais sobre o seu planeta natal, a sua partida e a sua jornada sideral. A informação vinha aos poucos, como algo que escapava ao acaso dos pensamentos do pequeno príncipe. Foi desta forma que eu acabei sabendo, no terceiro dia, sobre a catástrofe dos baobás.

Foi mais uma vez através do carneiro que eu acabei descobrindo tudo, quando o pequeno príncipe me perguntou, abruptamente, como que tomado por uma grande angústia:

— É verdade que os carneiros comem só grama e arbustos, não é mesmo?

— Sim, é verdade.

— Ah! Que beleza!

Eu não havia compreendido porque era tão importante saber que carneiros comiam só grama e arbustos, mas ele acrescentou:

— Então eles também devem se alimentar de baobás, certo?

Eu expliquei ao pequeno príncipe que os baobás eram árvores muito, muito maiores do que pequenos arbustos ou tufos de grama. Pelo contrário, mais se pareciam com castelos; e mesmo que toda uma manada de elefantes viesse se alimentar, não conseguiriam dar conta de esgotar as folhas de um único baobá.

A ideia de uma manada de elefantes fez o pequeno príncipe dar mais risadas...

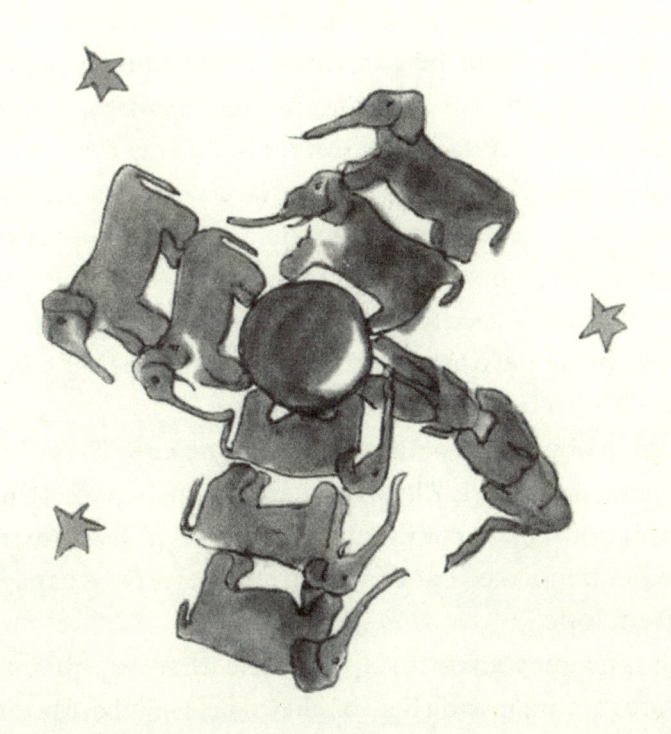

— Nós teríamos de amontoar uns por cima dos outros para que coubessem em meu planeta.

Mas em seguida fez um comentário pertinente:

— Antes de crescerem tanto, os baobás devem ter nascido da terra como árvores pequeninas.

— Está muito correto. Mas por que você deseja que os carneiros comam os baobás pequeninos?

— Ora, vamos lá, não é evidente?

E daí ele ficou em silêncio. Eu tive de me esforçar um bocado para resolver tal enigma, sem a ajuda de ninguém...

De fato, conforme acabei aprendendo, havia no planeta natal do pequeno príncipe — assim como em todos os demais planetas — plantas boas e plantas más. Da mesma forma, havia boas sementes vindas das boas plantas, e sementes más vindas das plantas más.

Mas sementes são invisíveis. Elas dormem nas profundidades escuras do coração da terra, até que uma delas seja acometida por um desejo de despertar. Então esta pequena semente vai se espreguiçar e começar a lançar um ramo na direção do sol, a princípio de forma tímida. Se for um ramo de uma roseira ou de rabanete, podemos deixar que ele cresça à vontade. Mas se for uma erva daninha, devemos arrancá-la assim que a avistamos, para que não prejudique as demais plantas.

Ora, havia sementes terríveis no planeta que fora a casa do pequeno príncipe; e estas eram as sementes dos baobás. O solo do planeta estava infestado delas.

Um baobá é uma planta da qual nunca nos livramos se é descoberto tarde demais. Ele logo se espalha pelo planeta inteirinho, atravessando o chão com suas raízes imensas. E se um planeta for muito pequeno, e os baobás muito numerosos, é capaz de eles o racharem todo...

"É uma questão de disciplina", me disse o pequeno príncipe. "Quando terminamos de ir ao banheiro pela manhã, é hora de cuidar das necessidades de nosso próprio planeta, e com o mesmo cuidado. É preciso verificar se estamos arrancando regularmente todos os baobás tão logo consigamos distingui-los das roseiras, pois em sua infância ambos são muito parecidos. É um trabalho um tanto entediante, mas acaba que se torna fácil quando nos acostumamos a ele".

E ainda, noutro dia, foi isto que ele me disse:

"Você deve fazer um desenho bem bonito, assim as crianças do lugar onde vive poderão ver exatamente como tudo isso funciona. Isto seria muito útil para elas caso precisem viajar algum dia.

"Às vezes, não há mal algum em deixar um pouco de

22

trabalho para outro dia, mas no caso dos baobás isso sempre significa uma catástrofe. Um dia eu conheci um planeta habitado por um sujeito bem preguiçoso, e ele havia deixado escapar três pequenos baobás que já vinham crescendo..."

Então, seguindo as descrições do pequeno príncipe, eu fiz um desenho do tal planeta.

Não me sinto à vontade em assumir um tom moralista, mas o perigo dos baobás é tão pouco compreendido, e são tão grandes os riscos para qualquer um que acabe perdido num asteroide, que desta vez eu abri uma exceção. E assim, aqui vai o meu conselho:

"Crianças, tomem cuidado com os baobás!"

Meus amigos, assim como eu, viviam ignorando este perigo por um longo tempo, sem nunca haver sequer ouvido falar dele; e foi sobretudo para alertá-los que tanto me dediquei a este desenho. A lição que eu passo adiante, no entanto, valeu todo o esforço da minha arte.

Você poderá me perguntar, quem sabe: "Por que não há nenhum outro desenho neste livro tão magnífico e grandioso quanto o desenho dos baobás?". E a resposta é muito simples: eu tentei, mas com os demais não obtive o mesmo sucesso.

Quando desenhei estes baobás eu fui tomado por uma inspiração e um sentido de urgência que iam além de mim mesmo.

# VI

Ó meu pequeno príncipe! Pouco a pouco, eu passei a compreender melhor a sua vida melancólica... Por um bom tempo, você encontrava sua única distração no prazer silencioso de contemplar o pôr do sol. Eu aprendi este novo detalhe na manhã do quarto dia, quando você me disse:

— Gosto muito do pôr do sol. Venha, vamos ver um agora.

— Mas ainda é cedo, devemos esperar.

— Esperar? Pelo quê?

— Pelo pôr do sol. Nós devemos esperar a chegada da tardinha.

Primeiro você pareceu inteiramente surpreso; mas logo após, passou a rir de si mesmo, e me explicou:

— Eu sempre me esqueço de que não estou mais em casa!

De fato, todos sabem que quando é meio-dia nos Estados Unidos, o sol está se pondo na França. Se acaso você pudesse voar até a França num único minuto, você pularia diretamente da visão de um meio-dia para a visão de um pôr do sol. Infelizmente a França fica muito distante para que algo assim seja possível.

Mas em seu planeta pequenino, meu pequeno príncipe, tudo o que precisa é mover a sua cadeira alguns passos para o lado. Lá, você pode contemplar ao fim do dia a queda do crepúsculo sempre que assim desejar...

— Um dia — você me disse —, eu vi o sol se pôr quarenta e quatro vezes!

E, um pouco depois, ainda acrescentou:

— Você deve saber que quanto mais estamos tristes, mais gostamos de assistir ao pôr do sol...

— Você estava assim tão triste naquele dia em que viu quarenta e quatro vezes o sol se pondo?

Mas o pequeno príncipe não me respondeu.

# VII

No quinto dia, como sempre graças ao carneiro, o segredo da vida do pequeno príncipe me foi revelado. Repentinamente, do nada, ele me perguntou, como se a sua questão houvesse nascido de uma longa e silenciosa reflexão:

— Se um carneiro come grama e arbustos, por acaso ele também come flores?

— Um carneiro se alimenta de tudo o que ele encontra ao seu alcance.

— Mesmo as flores que têm espinhos?
— Sim, mesmo as flores que têm espinhos.
— E os espinhos, então, para que eles servem?

Eu não sabia responder. Naquele momento, eu estava um tanto ocupado tentando desatarraxar do motor um parafuso que estava muito apertado. Eu estava cada vez mais preocupado, pois ficava claro que o estrago em meu avião era extremamente grave. E havia sobrado tão pouca água para beber que eu já começava a temer pelo pior.

— Os espinhos, para que eles servem afinal?

O pequeno príncipe nunca abandonava uma questão sem resposta. Mas como eu já estava irritado com aquele parafuso, eu lhe respondi com a primeira coisa que me veio à mente:

— Os espinhos não servem para nada. As flores têm espinhos por pura maldade!

— Oh!

Houve um momento de completo silêncio. Então, o pequeno príncipe ergueu a voz para mim, um tanto quanto ressentido:

— Não, eu não acredito em você! As flores são criaturas frágeis e ingênuas. Elas se defendem dos perigos o melhor que podem. Elas creem que os seus espinhos são como armas terríveis...

Eu não lhe respondi. Naquele instante, eu estava pensando comigo mesmo: "Se esse maldito parafuso continuar não girando, eu vou ter de arrancá-lo com o martelo". Mas o pequeno príncipe me interrompeu mais uma vez:

— Você crê realmente que as flores...

— Não, não, não! Eu não creio em coisa alguma. Eu apenas lhe respondi com a primeira coisa que me surgiu na mente. Você não percebe que eu estou muito ocupado com coisas sérias?!

E o pequenino me encarou, assombrado:

— Coisas sérias!

Ele continuou me analisando, com o meu martelo em punho, meus dedos sujos de graxa, curvado sobre um objeto que lhe parecia extremamente horrendo...

— Você fala exatamente como as pessoas grandes!

Isto me deixou um pouco envergonhado; mas ele prosseguiu, implacável:

— Você mistura tudo... Você fica se confundindo com tudo...

Ele realmente havia se irritado, e deixava o vento sacudir os seus cachos dourados:

— Eu conheço um planeta onde há um sujeito de face bem vermelha. Ele nunca sentiu o cheiro de um flor. Ele nunca contemplou estrela alguma. Ele jamais amou alguém. Ele nunca fez outra coisa da vida que não somar números.

E durante o dia todo ele dizia, exatamente como você: 'Eu estou ocupado com coisas sérias!'. E isso fazia com que se inchasse todo de orgulho. Mas esse sujeito não é um homem, é um cogumelo!

— O quê?!

— Um cogumelo!

O pequeno príncipe já estava branco de raiva:

— Nas flores têm crescido espinhos por milhões de anos, e por milhões de anos os carneiros as têm devorado da mesma forma. E por acaso não é algo seríssimo tentar entender porque as flores têm tanto trabalho de crescer seus espinhos se eles nunca lhes servem de coisa alguma?

Não seria o conflito entre os carneiros e as flores algo de extrema importância? Esse assunto não é muito mais sério do que a contabilidade do tal sujeito de face vermelha?

"E, se eu conhecesse uma flor única no mundo, e que não cresce em planeta algum além do meu, mas que pode ser destruída por uma única mordiscada de carneiro nalguma manhã, sem que ele nem saiba o que está fazendo, você não acha que isto seria realmente sério, realmente importante?!"

A sua face passou de branca para avermelhada na medida em que prosseguia:

— Se alguém ama uma flor que só floresceu em um dentre milhões e milhões de astros, contemplar as estrelas da noitinha já basta para lhe fazer feliz. Ele pode dizer para si mesmo: "Lá, nalgum lugar, está a minha flor...". Mas se o carneiro devora a flor, neste momento todas as estrelas se enegrecerão... E você ainda acha que isso não é importante!

Ele não conseguia dizer mais nada. Suas palavras eram interrompidas pelo seu soluço.

A noite havia caído. Eu também havia deixado minhas ferramentas caírem das mãos. Que importância tinham agora o meu martelo, o parafuso, ou a sede, ou a morte?

Numa estrela, num planeta, o meu planeta, na Terra, havia um príncipe pequenino para ser consolado. Eu o tomei em meus braços e o embalei bem devagarinho. Depois, lhe disse assim:

— A flor que você ama não está em perigo. Eu vou desenhar uma mordaça para o seu carneiro. Vou desenhar uma cerca para que coloque em volta da flor. Eu vou...

Eu não sabia realmente o que lhe dizer, estava mesmo é embaraçado e me sentindo um grande desajeitado. Eu não sabia como poderia lhe tocar em seu íntimo, como poderia lhe dar as mãos e caminhar ao seu lado mais uma vez.

É mesmo um local misterioso... A terra das lágrimas!

# VIII

Eu logo aprendi a conhecer melhor a tal flor. No planeta do pequeno príncipe, as flores sempre foram muito simples, com apenas um único anel de pétalas. Elas mal ocupavam algum espaço, e não representavam incômodo para ninguém. Numa manhã, elas surgiriam na relva, e já pela noite teriam se desvanecido, em paz...

Num dia, porém, de uma semente soprada pelo vento, não se sabe de onde, nasceu um novo broto do solo. O pequeno príncipe passou a vigiá-lo bem de perto, já que era um broto diferente de todos os demais que ele já tinha visto em seu planeta. Veja bem, é que ele poderia ser uma nova espécie de baobá.

Ele deu num arbusto pequenino que logo parou de crescer, e passou a se preparar para fazer nascer uma flor. O pequeno príncipe, que estava ao lado quando o primeiro botão surgiu, viu que era imenso, e sentiu em seu coração que alguma espécie de milagre emergiria dali.

Mas a flor não estava satisfeita em finalizar as preparações da sua beleza no abrigo do seu aposento verde. Ela ainda escolheu suas cores com todo o cuidado, se vestiu bem devagarinho, e ajustou a posição de suas pétalas, uma por uma. Ela não queria se mostrar ao mundo toda amarrotada, como as papoilas do campo. Era somente no esplendor completo da sua beleza que ela queria se apresentar.

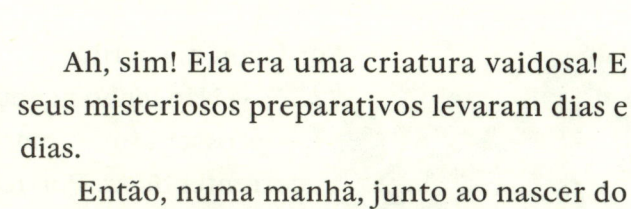

Ah, sim! Ela era uma criatura vaidosa! E seus misteriosos preparativos levaram dias e dias.

Então, numa manhã, junto ao nascer do sol, ela subitamente se mostrou.

E, após trabalhar com tamanha meticulosidade, ela bocejou e disse:

— Ah! Eu ainda mal acordei...
Eu peço que me perdoe, minhas pétalas ainda estão todas despenteadas...

Mas o pequeno príncipe não pôde conter a sua admiração:

— Nossa, como você é bonita!

— Não é? — respondeu a flor, com toda a doçura. — E eu nasci ao mesmo tempo que o sol...

Não foi muito difícil para o pequeno príncipe perceber que ela não era exatamente uma flor modesta — mas como era excitante, e comovente!

— Eu acho que é hora do café da manhã — ela acrescentou logo após. — Se você tiver a gentileza de cuidar das minhas necessidades...

E o pequeno príncipe, todo embaraçado, foi buscar um regador com água fresca.

Então ele a regou. E não muito tempo depois, ela já começou a lhe atormentar com a sua vaidade — que era, verdade seja dita, um pouco complicada de se lidar. Um dia, por exemplo, quando ela falava sobre os seus quatro espinhos, disse-lhe assim:

— Que venham os tigres com as suas garras!

— Mas não há tigres em meu planeta... E, em todo caso, tigres não comem ervas.

— Eu não sou uma erva — respondeu a flor, ainda assim, com doçura.

— Por favor, me perdoe...

— Não tenho nenhum medo de tigres — prosseguiu —, mas tenho horror de correntes de ar. Por acaso você teria um para-vento para me proteger?

"Horror de correntes de ar... Que má sorte para uma planta", pensou consigo mesmo o pequeno príncipe. "Esta flor é uma criatura um tanto complicada..."

— Durante a noite, eu quero que me coloque sob uma redoma de vidro. É muito frio aqui onde vive. No lugar de onde vim...

Mas ela interrompeu-se nesse momento. Ela veio na forma de uma semente, e não poderia saber nada de quaisquer outros mundos. Envergonhada por haver se deixado apanhar na tentativa de dizer uma mentira tão tola, ela logo tossiu duas ou três vezes, tentando disfarçar:

— E o para-vento?

— Eu já ia buscá-lo, mas você me dizia...?

Então ela forçou a tosse um pouco mais para apressá-lo. E assim, o pequeno príncipe, apesar de toda a boa vontade que era inseparável do seu amor, logo começou a duvidar daquela flor.

Ele havia levado muito a sério palavras que não tinham importância alguma, e isso o deixou um tanto infeliz.

— Eu não devia tê-la escutado — ele me confessou um dia. — Não se deve nunca escutar as flores. Elas existem simplesmente para que as contemplemos e sintamos a sua fragrância. A minha flor encheu todo o meu planeta de perfume, mas eu não soube me contentar com toda a sua graça. Aquela história de tigres e garras, que tanto me perturbou, deveria ter enchido meu coração tão somente de ternura.

E assim, ele continuou com suas confissões:

— O fato é que eu não soube compreender coisa alguma! Eu devia tê-la julgado por seus atos, e não por suas palavras. Ela lançou o seu brilho e a sua fragrância sobre mim, e eu nunca deveria ter fugido para tão longe dela...

"Deveria ter compreendido toda a afeição por trás dos seus pobres ardis. As flores são tão instáveis, tão contraditórias! Mas eu também era muito jovem, muito jovem para saber como amá-la..."

# IX

Eu acredito que em sua fuga ele se aproveitou de uma revoada migratória de pássaros selvagens...

Na manhã da sua partida, ele deixou o seu planetinha em perfeita ordem. Limpou cuidadosamente os vulcões ativos — ele tinha dois deles, que eram uma mão na roda para aquecer o seu café da manhã.

Ele também tinha um vulcão inativo há tempos. Porém, como ele mesmo disse: "Nós nunca sabemos!"; e assim ele limpou também o seu vulcão inativo.

Se os vulcões são bem limpos, eles queimam lentamente e se tornam bem regulares, sem erupções pelo caminho. As erupções vulcânicas são como fagulhas numa longa chaminé. Na Terra, nós somos obviamente um tanto pequenos para conseguirmos limpar nossos vulcões enormes, e é por isso que eles nunca deixam de nos causar tanto transtorno.

O pequeno príncipe também arrancou, com certo ar de abatimento, os últimos brotinhos de baobás. Ele acreditava que nunca sentiria o desejo de retornar ao seu planeta, mas naquela manhã derradeira todas essas tarefas rotineiras lhe pareceram muito preciosas. E quando ele regou a flor pela última vez, e a preparou para ser colocada sob a redoma de vidro, subitamente percebeu que estava muito perto de derramar algumas lágrimas.

— Adeus — ele disse para a flor.

Mas ela não respondeu.
— Adeus — ele repetiu.
A flor tossiu, mas não foi porque estava resfriada.

— Eu tenho sido uma idiota — ela lhe disse, finalmente. — Eu peço que me perdoe. Tente ser feliz...

Ele se surpreendeu com essa ausência de censuras. Ficou ali, de pé, desnorteado, com a redoma a tiracolo. Ele não compreendeu aquela doçura silenciosa.

— É claro que eu o amo — disse-lhe a flor. — Foi por minha culpa que você nunca soube o quanto, mas agora isso não tem importância. Pois você foi tão tolo quanto eu. Tente ser feliz... Mas pode largar de lado esta redoma, eu não a quero mais.

— Mas as correntes de ar...

— Não estou assim tão resfriada... A brisa fria da noitinha me fará bem. Eu sou uma flor.

— Mas os bichos...

— Bem, eu preciso suportar a presença de duas ou três larvas se quero me familiarizar com as borboletas. Parece que elas são muito belas. Além do mais, se não forem as borboletas, ou as larvas, quem poderia vir me visitar? Você estará longe...

"E quanto aos tigres e outros animais maiores, eu não tenho um pingo de medo deles — eu também possuo as minhas garras!"

E, ingenuamente, ela mostrou os seus quatro espinhos. Depois, ainda acrescentou:

— Não fique assim hesitante. Você decidiu partir, então parta!

Pois ela não queria que ele a visse choramingando. Era uma flor realmente orgulhosa...

# X

Ele se encontrava na vizinhança dos asteroides 325, 326, 327, 328, 329 e 330. Começou então uma peregrinação por todos eles, a fim de ganhar mais conhecimento sobre as redondezas.

O primeiro deles era habitado por um rei. Vestido de púrpura real e peles vistosas, ele se encontrava sentado num trono ao mesmo tempo simples e majestoso.

— Ah! Aí vem um súdito — exclamou o rei assim que viu o pequeno príncipe chegando.

E o viajante pequenino perguntou a si mesmo: "Mas como ele me reconheceu se nunca me viu antes?".

O pequeno príncipe não sabia como o mundo é um tanto simplificado na visão dos reis — para eles, todos os demais são súditos.

— Aproxime-se para que eu possa vê-lo melhor — disse o rei, sentindo-se um tanto orgulhoso por finalmente ser de novo um rei diante de algum súdito.

O pequeno príncipe observou a sua volta procurando um lugar onde pudesse se sentar, mas todo o solo do planeta estava coberto pelo seu magnífico manto de peles.

Assim, ele teve de permanecer ali de pé; e, como estava meio cansado, bocejou.

— É contra a etiqueta bocejar na presença do rei — disse-lhe o monarca. — Eu o proíbo de bocejar.

— Mas eu não posso evitar, estou cansado — respondeu o pequenino, envergonhado. — Eu venho de uma longa jornada, e ainda não consegui dormir nem um pouquinho...

— Muito bem, então eu lhe ordeno que boceje. Faz anos desde que vi qualquer um bocejar. Os bocejos para mim são uma grande curiosidade. Portanto, boceje novamente, eu lhe ordeno!

— Mas isso é intimidador... Eu não consigo mais... — murmurou o pequeno príncipe, já todo vermelho.

— Hum! Hum! Dessa forma, eu lhe ordeno que boceje de vez em quando, e de vez em quando...

O rei gaguejou um pouco, e parecia aborrecido.

Pois o que o rei insistia, fundamentalmente, era para que a sua autoridade fosse devidamente respeitada. Ele não tolerava desobediência alguma. No entanto, como se tratava de um homem bom, também dava suas ordens com certo bom senso:

— Se por acaso eu ordenasse a um general que se transformasse numa gaivota, se ele não obedecesse a minha ordem não seria sua culpa. A culpa seria toda minha.

— Posso me sentar? — perguntou o pequeno príncipe, humildemente.

— Eu lhe ordeno que sente — respondeu o rei, enquanto juntava um pedaço do seu longo manto para servir de almofada.

O viajante pequenino, no entanto, pensava consigo mesmo... "Esse planeta é tão pequeno, sobre o que exatamente poderia este rei reinar?"...

— Majestade, eu peço que me permita lhe fazer uma pergunta — disse-lhe o pequeno príncipe.

— Eu lhe ordeno que me faça uma pergunta — interrompeu o rei, antes que a pergunta pudesse ser feita.

— Majestade, sobre quais terras você reina?

— Sobre todas — respondeu o rei, com magnífica simplicidade.

— Todas?

O rei fez um gesto que abrangia tudo a sua volta — o seu planeta, os planetas da vizinhança, e todas as demais estrelas.

— Sobre tudo isso?

— Sim, sobre tudo.

Pois o seu reinado não era somente absoluto, era também universal.

— E as estrelas lhe obedecem?

— Certamente me obedecem — respondeu o rei. — Elas obedecem instantaneamente e com apreço. Eu não permito nenhuma forma de insubordinação.

Tal ideia de poder deixou o pequeno príncipe maravilhado. Se ele fosse um mestre com tamanha autoridade, poderia contemplar o pôr do sol não apenas quarenta e quatro vezes num mesmo dia, mas setenta e duas vezes, ou quem sabe cem, duzentas vezes, sem jamais ter a necessidade de mover sua cadeira.

E assim, como se sentiu um pouco triste ao lembrar do planetinha que havia abandonado — o seu planetinha —, tomou coragem para solicitar ao rei um favor:

— Eu gostaria muito de ver um pôr do sol... Me conceda essa gentileza... Ordene que o sol se ponha, por favor...

— Se por acaso eu ordenasse a um general que voasse de uma flor a outra como uma borboleta, ou que escrevesse uma tragédia dramática, ou que se transformasse numa gaivota, e o general não me obedecesse, qual de nós estaria errado, ele ou eu?

— Você — respondeu o pequeno príncipe, com firmeza.

— Exato. Um rei deve requisitar aos súditos somente as tarefas que eles têm a competência de realizar. A autoridade de um rei repousa sobre a razão. Se por acaso você ordenasse que os seus súditos fossem todos se jogar de um penhasco no mar, eles se amotinariam numa revolução. Eu tenho o direito de demandar obediência somente porque as minhas ordens são razoáveis.

— Mas, e quanto ao meu pôr do sol? — lembrou-lhe o pequeno príncipe, já que nunca deixava uma questão sem resposta.

— Você terá o seu pôr do sol, eu darei essa ordem. Porém, de acordo com a minha ciência de governo, eu deverei aguardar até que as condições sejam favoráveis.

— E quando será isso?

— Hum! Hum! — respondeu o rei; e, antes de prosseguir, consultou um almanaque bem grosso. — Hum! Hum! Isso será... Será... Por volta de vinte para as oito da noite. E você verá como as minhas ordens são bem obedecidas!

O pequeno príncipe bocejou. Já vinha se arrependendo do pôr do sol que havia perdido. Além disso, já começava a ficar um pouco entediado.

— Eu não tenho mais nada o que fazer por aqui — disse ao rei. — Então devo partir novamente para a minha jornada.

— Não vá! — disse o rei, que estava tão orgulhoso de ter um súdito. — Não vá, eu farei de você um ministro!

— Ministro do quê?

— Ministro da... Da Justiça!

— Mas não há ninguém mais aqui para ser julgado!

— Isto nós ainda não sabemos. Eu ainda não fiz um tour completo pelo meu reino. É que já sou muito velho, e não há espaço aqui para estacionar uma carruagem. Além disso, andar me cansa muito depressa...

— Oh, mas eu já observei as redondezas! — disse o pequeno príncipe, virando a cabeça para dar mais uma olhadela pelo outro lado do planeta. No outro lado, como no lado onde eles estavam, não havia mais ninguém...

— Então você deverá julgar por si mesmo. Esta é a coisa mais difícil de uma regência. É muito mais complexo julgar a si mesmo do que aos outros. Se for bem-sucedido em julgar a si mesmo corretamente, então você poderá se considerar de fato um homem de sabedoria verdadeira.

— Sim, mas eu posso julgar a mim mesmo em qualquer lugar. Para isso eu não preciso viver neste planeta.

— Hum! Hum! Eu tenho boas razões para crer que nalgum canto do meu planeta há uma ratazana velha. Eu a ouço pela noitinha. Você pode julgar essa ratazana. De tempos em tempos, você pode condená-la à morte, e assim a sua vida ficará dependente da sua justiça. Mas então você deverá perdoá-la em cada sentença, pois ela deve ser tratada com toda a parcimônia. Afinal, nós só temos uma.

— Eu não gostaria de condenar ninguém à morte. E agora, em todo caso, penso que está na hora de seguir o meu caminho.

— Não vá!

Mas embora o pequeno príncipe já estivesse decidido a partir, não tinha desejo algum de ofender o velho monarca:

— Se Vossa Majestade deseja ser prontamente obedecido, então deve ser capaz de me dar uma ordem razoável. Deve ser capaz, por exemplo, de ordenar que eu parta do seu planeta ao fim de um minuto. Me parece que as condições estão favoráveis...

Como o rei não esboçou nenhuma resposta, o pequeno príncipe hesitou por um momento. Depois, no entanto, com um suspiro, seguiu o seu caminho.

— Eu lhe farei meu embaixador! — se apressou o rei a gritar.

Ele tinha um ar de grande autoridade.

"As pessoas grandes são muito estranhas", pensou consigo mesmo o viajante pequenino, enquanto prosseguia em sua jornada.

# XI

O segundo planeta era habitado por um homem vaidoso.

— Ah! Ah! Lá vem um admirador me visitar! —, ele exclamou de longe, assim que viu o pequeno príncipe se aproximando. Pois que, para os vaidosos, todos os demais eram admiradores.

— Bom dia — disse o viajante pequenino. — Esse seu chapéu é um tanto engraçado.

— É um chapéu para saudações, para que eu possa saudar aqueles que me aclamam. Infelizmente, quase ninguém costuma passar por essas bandas.

— Como assim? — perguntou o pequeno príncipe, ainda sem entender ao certo do que o homem vaidoso falava.

— Bata suas mãos, uma contra a outra — instruiu o homem.

E, assim que o pequeno príncipe bateu palmas, o homem vaidoso o saudou, modestamente, com seu chapéu de saudações.

"Isto é mais divertido do que a visita ao rei", pensou o pequeno príncipe consigo mesmo. E bateu palmas novamente, e assim o seguiu o homem vaidoso, fazendo saudações com seu chapéu para cada aplauso recebido.

Após uns cinco minutos, no entanto, o pequeno príncipe começou a se cansar daquela brincadeira monótona:

— E o que precisamos fazer para que o chapéu caia?

Mas o homem não o escutou. Homens vaidosos jamais ouvem coisa alguma além de elogios.

— Você realmente me admira tanto assim? — indagou ao pequeno príncipe.

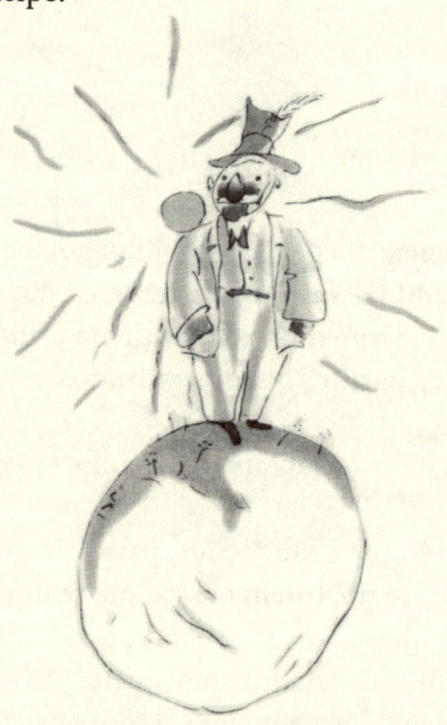

— O que isto quer dizer — "admirar"?

— Me admirar significa reconhecer que sou o homem mais belo, de vestes mais luxuosas, e também o mais rico e o mais inteligente de todo este planeta.

— Mas você é o único homem deste planeta!

— Me faça esta gentileza, e me admire mesmo assim...

— Eu o admiro — disse o pequeno príncipe, dando de ombros —, mas como pode isso ser algo tão interessante para você?

E assim, o viajante pequenino prosseguiu sua jornada.

"As pessoas grandes certamente são um tanto bizarras", pensou consigo mesmo, enquanto viajava.

# XII

O planeta seguinte era habitado por um bêbado. Esta foi uma visita bem curta, mas foi o suficiente para mergulhar o pequeno príncipe numa profunda melancolia...

— O que está fazendo aí? — perguntou ao bebum quando o viu instalado, em silêncio, entre uma coleção de garrafas vazias e, do outro lado, uma coleção de garrafas cheias.

— Estou bebendo — respondeu o homem, com um ar tristonho.

— Por que bebe assim?

— Para que possa esquecer...

— Esquecer o quê? — perguntou o pequeno príncipe, já com uma certa pena do bebum.

— Esquecer de que tenho vergonha — confessou o homem, suspendendo a cabeça.

— Vergonha do quê? — insistiu o pequeno príncipe, tentando ajudar de alguma forma.

— Vergonha de beber tanto!

O bebum encerrou a conversa ali e se fechou num silêncio inexpugnável.

E o viajante pequenino foi-se embora, intrigado.

"As pessoas grandes são decididamente muito, muito estranhas", pensou consigo mesmo, enquanto prosseguia em sua jornada.

# XIII

O quarto planeta pertencia a um homem de negócios. Ele estava tão ocupado que sequer levantou a cabeça quando o pequeno príncipe chegou.

— Bom dia — disse o pequeno príncipe. — O seu cigarro já se apagou.

— Três e dois dão cinco. Cinco mais sete dá doze. Com doze mais três, temos quinze... Bom dia... Quinze e sete dão vinte e dois. Vinte e dois mais seis dá vinte e oito... Ainda não tive tempo de acendê-lo novamente... Com vinte e seis mais cinco, temos trinta e um. Ufa! Então isso tudo dá um total de quinhentos e um milhões, seiscentos e vinte e dois mil, setecentos e trinta e um.

— Quinhentos milhões do quê?

— Hã? Você ainda está por aí? Quinhentos e um milhões de... Não, eu não posso parar... Tenho tanto por fazer! Estou preocupado com os assuntos sérios, não perco tempo com disparates e besteiras... Dois e cinco dão sete...

— Quinhentos milhões do quê? — repetiu o pequeno príncipe, que jamais em sua vida deixou uma questão em aberto.

O homem de negócios levantou a cabeça:

— Durante os cinquenta e quatro anos em que morei neste planeta, só fui incomodado três vezes. A primeira foi há vinte e dois anos, quando um ganso enorme caiu sabe-se lá de onde. Ele fazia um barulho terrível que ecoava por todos os cantos, e eu cometi quatro erros nas minhas contas.

"A segunda vez foi há onze anos, por uma crise de reumatismo. Sabe como é, falta de exercício, e eu não tenho tempo algum para passeios.

"A terceira vez... Bem, esta é a terceira vez! Como eu ia dizendo, quinhentos e um milhões..."

— Milhões do quê?

O homem de negócios logo percebeu que não havia esperança alguma de ser deixado em paz enquanto não respondesse aquela questão:

— Milhões dessas coisinhas que as pessoas às vezes veem pelo céu.

— Moscas?

— Oh, não. Coisinhas brilhosas.

— Abelhas?

— Oh, não. Essas coisinhas douradas que causam sonhos aos desocupados e aos preguiçosos. Já quanto a mim, sou um sujeito preocupado com os assuntos sérios. Em minha vida não há tempo para essas divagações inúteis.

— Ah! Você quer dizer, as estrelas?

— Sim, isso mesmo. As estrelas.

— E o que você faz com quinhentos milhões de estrelas?

— Quinhentos e um milhões, seiscentos e vinte e dois mil, setecentos e trinta e um. Eu me preocupo bastante com os assuntos sérios, por isso, gosto de ser exato.

— E o que você faz com essas estrelas?
— O que faço com elas?
— Sim.
— Nada. Eu sou o seu dono.
— Você é dono das estrelas?
— Sim.
— Mas eu acabo de visitar um rei que...
— Os reis não possuem as coisas, eles somente reinam sobre elas. É algo muito diferente.
— E para que lhe serve possuir as estrelas?
— Ora, serve para que eu seja rico.
— E para que lhe serve ser rico?
— Ser rico me dá a possibilidade de comprar mais estrelas, acaso alguma nova estrela seja descoberta.

"Esse sujeito", pensou o pequeno príncipe consigo mesmo, "pensa de uma forma muito parecida com a do pobre bebum..."

Em todo caso, ele ainda tinha mais perguntas a fazer:
— Como é possível que alguém seja dono das estrelas?
— A quem elas pertencem? — replicou o homem de negócios, meio aborrecido.
— Eu não sei. Acho que a ninguém.
— Então elas pertencem a mim, pois fui eu a primeira pessoa que pensou em ser dono delas.
— Isso é tudo de que precisa?
— Certamente. Quando você encontra um diamante que não pertence a mais ninguém, ele é seu. Quando você descobre uma ilha que não pertence a mais ninguém, ela é sua. Quando você tem uma ideia antes de todo mundo, você a registra e cria uma patente: ela é sua.

"Então, no meu caso, eu possuo as estrelas porque ninguém nunca pensou nisso antes de mim."
— Sim, é verdade. Mas então, o que você faz com elas?

— Eu as administro. Eu faço a sua contagem, e então a recontagem. É difícil, eu sei, mas eu sou um homem naturalmente inclinado para os assuntos sérios.

O pequeno príncipe ainda não se deu por satisfeito:

— Se eu tivesse um cachecol de seda, eu poderia enrolá-lo em volta do meu pescoço e o levar comigo. Se eu tivesse uma flor, eu poderia colhê-la e a carregar comigo. Mas você não pode colher as estrelas do céu.

— Não, mas eu posso colocá-las no banco.

— O que isto significa, "colocá-las no banco"?

— Isso significa que eu anoto a quantidade de estrelas que possuo num papelzinho. Então eu coloco o papelzinho numa gaveta e a tranco com uma chave.

— E isso é tudo?

— É o suficiente — respondeu o homem de negócios.

— É divertido — pensou o pequeno príncipe. — É até mesmo poético, mas não é algo assim tão sério.

As ideias do pequeno príncipe acerca dos assuntos sérios eram um tanto diversas das ideias das pessoas grandes.

— Já eu possuo uma flor — ele continuou a conversa com o sujeito —, que rego todos os dias. Também possuo três vulcões, que tenho de limpar toda semana (e eu também limpo o que está inativo, pois nunca se sabe). Para os vulcões, eu sou de alguma utilidade. Para a minha flor, também é bom que eu seja o seu dono. Mas você não tem utilidade alguma para as estrelas...

O homem de negócios abriu a boca, mas não encontrou nada com o que lhe responder. E assim, o viajante pequenino decidiu prosseguir sua jornada.

"As pessoas grandes são certamente extraordinárias", ele dizia a si mesmo, enquanto continuava sua viagem.

# XIV

O quinto planeta era bem estranho. Era o menorzinho deles, e havia lugar somente para um poste de luz e um acendedor de lamparinas...

O pequeno príncipe não conseguiu achar nenhuma explicação para a utilidade de um poste de luz e de um acendedor, nalgum canto do céu, num planetinha sem qualquer outra pessoa, muito menos alguma casa ou avenida.

Mesmo assim, pensou consigo mesmo: "Talvez este homem seja mesmo absurdo. Mas não mais absurdo do que aquele rei, ou o homem vaidoso, ou o homem de negócios e o bebum. Pois ao menos o seu trabalho tem algum sentido — quando ele acende a luz do seu poste, é como se estivesse trazendo mais uma estrela à vida, ou uma flor.

"E quando ele apaga a sua luz, encaminha a flor, ou a estrela, para o seu sono. Esta é uma bela ocupação. E, por ser tão bela, também é verdadeiramente útil."

Quando chegou ao planetinha, saudou respeitosamente o acendedor de lamparinas:

— Bom dia. Por que você acaba de apagar sua luz?

— Estas são as ordens — respondeu. — Bom dia.

— Quais são as ordens?

— As ordens são para que apague a minha luz. Boa noite.

E ele acendeu novamente a luz do poste.

— Mas por que você acaba de acendê-la de novo?
— Estas são as ordens.
— Eu não entendo.
— Não há nada para se entender — disse o acendedor de lamparinas. — Ordens são ordens. Bom dia.

E apagou de novo a luz. Em seguida, parou para enxugar a testa com um lenço xadrez vermelho.

— Eu tenho uma profissão terrível. Antigamente ela era até razoável — eu apagava a luz do poste pela manhã, e ao chegar da noitinha a acendia novamente. Mas eu tinha o restante do dia para relaxar, e o restante da noite para dormir.

— E desde esse tempo por acaso as ordens mudaram?

— As ordens não mudaram — explicou o acendedor de lamparinas. — Esta é a tragédia! Ano após ano, o planeta começou a girar cada vez mais rápido, e as ordens não mudaram!

— Então o que aconteceu? — perguntou o pequeno príncipe.

— Então, agora o planeta completa um giro a cada minuto, e eu não tenho mais nem um segundo para relaxar. A cada minuto eu tenho de acender o meu poste de luz, para logo após apagá-lo!

— Que engraçado! Aqui onde vive um dia dura apenas um minuto!

— Isto não é nem um pouco engraçado! — reclamou o sujeito. — Enquanto estivemos conversando já se passou um mês...

— Um mês?

— Sim, um mês: trinta minutos, trinta dias. Boa noite.

E acendeu novamente a luz... Conforme o pequeno príncipe o observava, sentiu que amava este acendedor de lamparinas que era tão fiel às ordens que recebera. Ele lembrou dos pores do sol que ele mesmo perseguia, tempos atrás, apenas empurrando sua cadeira de um lado para o outro; e ele quis ajudar o seu novo amigo:

— Quer saber, eu posso lhe ensinar um jeito para que consiga descansar sempre que quiser...

— Eu sempre quero descansar — disse o acendedor de lamparinas.

Pois é perfeitamente possível que um homem seja fiel ao seu trabalho e, ao mesmo tempo, preguiçoso. O pequeno príncipe prosseguiu com a sua explicação:

— O seu planeta é tão pequeno que você pode, com umas três passadas, dar a volta ao mundo. Para estar sempre sob a luz do sol, tudo o que precisa é caminhar um pouco devagar. Sempre que quiser descansar, bastará que caminhe numa direção, e assim o seu dia durará o tempo que achar necessário.

— Mas isto não me ajudará muito, a única coisa que amo na vida é poder dormir.

— Então você está sem sorte — concluiu o pequeno príncipe.

— Realmente, sou um azarado — concordou. — Bom dia.

E ele apagou a luz.

"Este homem", pensou consigo mesmo o pequeno príncipe, enquanto prosseguia sua jornada, "ele seria desprezado por todos os demais: pelo rei, pelo sujeito vaidoso, pelo bebum e pelo homem de negócios. Ainda assim, ele é o único dentre todos eles que não me parece ridículo. Talvez seja pelo fato de ele estar pensando em algo mais além de si mesmo."

O viajante pequenino suspirou com um tantinho de tristeza, e continuou matutando: "Este homem é o único dentre eles que poderia ser meu amigo. Mas o seu planeta é realmente muito pequeno, não há espaço para duas pessoas conviverem ali...".

Mas o que o pequeno príncipe não ousava confessar nem para si mesmo era que o seu arrependimento maior fora ter abandonado o seu planeta, pois que ele era abençoado a cada dia com mil quatrocentos e quarenta pores do sol!

# XV

O sexto planeta era dez vezes maior do que o último. Nele morava um senhor bem velhinho que escrevia livros gigantescos.

— Ora, vejam! Aqui está um explorador! — exclamou o ancião assim que avistou o pequeno príncipe se aproximando.

O viajante pequenino se sentou um pouco sobre a mesa, ofegante. Afinal, ele já havia viajado por tanto tempo, e tão longe!

— De onde você vem? — perguntou o ancião.

— O que é este livro enorme? — disse o pequeno príncipe. — O que está fazendo por aqui?

— Eu sou um geógrafo.

— O que é um geógrafo?

— Um geógrafo é um estudioso que conhece a localização de todos os mares, rios, cidades, montanhas e desertos.

— Isto é bem interessante — disse o pequeno príncipe. — Finalmente encontrei um sujeito que tem uma profissão de verdade!

E lançou um olhar sobre o ancião e o seu planeta... Era o planeta mais magnífico e imponente que já tinha visto.

— O seu planeta é belíssimo — elogiou. — Ele tem algum oceano?

— Não poderia lhe dizer — respondeu o geógrafo.

— Ah! — O pequeno príncipe estava um pouco desapontado. — Mas ele tem montanhas?

— Não poderia lhe dizer.
— E cidades, rios, desertos quem sabe?
— Tampouco poderia lhe dizer sobre nada disso...
— Mas você é um geógrafo!
— Exato, mas eu não sou um explorador. Eu não tenho um único explorador aqui em meu planeta... Não cabe ao geógrafo sair para contar as cidades, os rios, as montanhas, os mares, os oceanos ou os desertos. O geógrafo é alguém muito importante para ficar passeando por aí — ele jamais abandona a sua mesa de estudos.

"Mas também cabe a ele receber a visita dos exploradores para que eles auxiliem em suas pesquisas. O geógrafo faz a eles uma série de perguntas, e vai anotando tudo o que eles se lembram de suas viagens. E assim, se as lembranças de um explorador em específico lhe parecerem dignas de nota, o geógrafo organiza um inquérito para que possa determinar o caráter moral do explorador."

— E para que precisa disso?
— Porque um explorador mentiroso traria informações erradas, o que seria um desastre para os livros do geógrafo. Um explorador que bebesse demais, por exemplo, também seria descartado.
— Por quê?

— Porque homens embriagados veem tudo em dobro. Assim, o geógrafo iria anotar que existem duas montanhas num local onde, na realidade, existe somente uma.

— Bem, eu conheço alguém que daria um mau explorador...

— É possível. Bem, e quando o caráter do explorador aparenta ser bom, fazemos uma investigação sobre a sua descoberta.

— Você vai até lá ver?

— Não, isto seria algo muito complicado. Mas requisitamos que o explorador nos forneça provas. Por exemplo, se a descoberta em questão é uma grande montanha, requisitamos que o explorador nos traga grandes pedregulhos de lá.

O geógrafo subitamente começou a ficar bem entusiasmado:

— Mas você, você vem de bem longe! Você é um explorador! Você deve descrever o seu planeta para mim!

E, tendo aberto o seu gigantesco livro de registros, o geógrafo começou a apontar seu lápis. As narrações dos exploradores são primeiramente registradas a lápis. Somente após o fornecimento de provas nas investigações das descobertas é que os registros são refeitos a caneta.

— E então? — perguntou o geógrafo, ansioso pelo relato.

— Bem, onde eu moro não há nada de tão interessante. É um planeta bem pequenino. Eu tenho três vulcões, dois deles ativos e outro inativo. Mas nunca se sabe quando o terceiro voltará à atividade.

— Nunca se sabe — concordou o ancião.

— E também tenho uma flor.

— Nós não fazemos registros de flores — disse o geógrafo.

— E por que isso? A minha flor é a coisa mais bela do meu planetinha!

— Nós não mantemos registros delas simplesmente porque são efêmeras.

— O que isto significa, "efêmera"?

— Ora, os tratados de geografia são, dentre todos os demais livros, aqueles que mais se preocupam com as coisas sérias e permanentes. Assim, eles nunca saem de moda. É muito raro que uma montanha mude de posição, assim como é raríssimo que um oceano seque totalmente. Nós só mantemos registros das coisas duradouras e eternas...

— Mas vulcões inativos ainda podem voltar a ter erupções — interrompeu o pequeno príncipe. "E o que significa "efêmera"?

— Se os vulcões estão ativos ou inativos, para nós tanto faz. O que nos importa é saber da posição da montanha. É a montanha que não muda de lugar.

— Pois então, mas o que afinal significa aquilo que disse, "efêmera"? — insistiu o pequeno príncipe, que nunca em sua vida deixara uma questão em aberto.

— Significa "estar ameaçada de desaparecer em breve".

— A minha flor está ameaçada de desaparecer em breve?

— Certamente está.

"Minha flor é efêmera", concluiu para si mesmo o pequeno príncipe, "e ela possui somente quatro espinhos para se defender dos perigos do mundo. E eu a abandonei em meu planeta, sozinha!"

Este foi o seu primeiro momento de arrependimento. Mas logo retomou a coragem:

— Que lugar você me aconselharia a visitar a seguir?

— O planeta Terra — respondeu o geógrafo. — É um planeta de boa reputação.

E assim o viajante pequenino prosseguiu em sua jornada, pensando em sua flor.

# XVI

Então, a sétima parada foi a Terra...

A Terra não é somente mais um planeta ordinário! Lá podemos contar 111 reis (não esquecendo, claro, dos reis africanos), 7 mil geógrafos, 900 mil homens de negócios, 7 milhões e 500 mil embriagados e 311 milhões de pessoas vaidosas — ou seja, muita gente. O número de pessoas grandes morando por lá chega a casa dos 2 bilhões...*

Para lhes dar uma ideia do tamanho da Terra, devo dizer que, antes da invenção da eletricidade, era necessário manter, ao longo de todos os seis continentes, um verdadeiro exército de 462.511 acendedores de lamparinas para os postes de luz nas ruas.

Visto de alguma distância, isso dava um grande espetáculo. Os movimentos desse exército seguiam um ritmo específico, como um balé de ópera.

Primeiro era a vez dos acendedores da Austrália e da Nova Zelândia acenderem os seus postes, e então podiam ir dormir. A seguir, os acendedores da China e da Sibéria entravam em cena para dar os seus passos na dança, e então eles também retornavam aos bastidores.

---

\* Nota do tradutor: Este livro foi escrito na primeira metade do século XX e essa informação corresponde aquela época.

Depois chegava a vez dos acendedores de lamparinas da Rússia e da Índia; então aqueles da África e da Europa; logo após aqueles da América do Sul; quase ao mesmo tempo, os da América do Norte.

E, dessa forma, eles nunca erravam a sua hora de entrar no palco. Era de fato um espetáculo magnífico!

Já quanto ao sujeito cuidando do único poste de luz do Polo Norte, assim como o seu colega, responsável pela única lamparina do Polo Sul, somente os dois viviam uma vida livre do cuidado diário com suas lamparinas: eles só precisavam trabalhar duas vezes ao ano.

# XVII

Quando queremos fazer graça, às vezes acabamos nos desviando um pouco da verdade. Eu não tenho sido completamente honesto sobre o que lhes disse acerca dos acendedores de lamparinas, e compreendo que corro o risco de dar uma falsa ideia de nosso planeta àqueles que não o conhecem.

Na verdade, os homens ocupam um espaço bem pequeno sobre a Terra. Acaso os dois bilhões de pessoas que habitam a sua superfície estivessem todos de pé e próximos uns dos outros, como por vezes fazem quando vão a algum grande evento, eles caberiam facilmente numa única praça pública com trinta quilômetros de comprimento por trinta de largura. De fato, poderíamos espremer toda a humanidade numa ilhazinha do Pacífico, se fosse o caso.

As pessoas grandes, obviamente, jamais acreditarão em você se lhes contar isso. Elas imaginam ocupar um espaço bem extenso de terra. Elas se julgam tão importantes quanto os baobás. No caso de duvidarem de você, portanto, aconselhe-as a fazer os seus próprios cálculos. Elas adoram fazer cálculos, então ficarão bem contentes com isso.

Mas não percam o seu tempo com esse trabalhinho extra. É totalmente desnecessário, já que, como bem sei, vocês confiam em mim.

Quando o pequeno príncipe chegou à Terra, ficou um tanto surpreso por não encontrar pessoa alguma nas redondezas. Ele já estava começando a temer ter vindo ao planeta errado, quando algo meio dourado, com um pouco da cor da lua, serpenteou pela areia.

— Boa noite — disse, cordialmente, o pequeno príncipe.

— Boa noite — respondeu a serpente.

— Que planeta é este em que desci?

— Aqui é a Terra; e estamos na África.

— Ah! Então não existem pessoas na Terra?

— Estamos no meio do deserto, não há pessoas por aqui. Mas a Terra é bastante larga — explicou a serpente.

O viajante pequenino se sentou sobre uma pedra e elevou o olhar em direção ao céu:

— Por vezes imagino se as estrelas não são acesas no céu para que cada um de nós um dia possa encontrar a sua própria estrela novamente... Veja ali o meu planetinha. Está logo acima da gente, mas quão, quão distante!

— É muito bonito... Mas o que o trouxe até tão longe de lá?

— Eu venho tendo alguns problemas com uma flor —explicou o pequeno príncipe.

— Ah! — disse a serpente.

E então, ambos ficaram em silêncio...

— Onde estão as outras pessoas? — o pequeno príncipe finalmente retomou a conversa. — Estamos meio sós aqui no deserto...

— Também há solidão entre as pessoas — disse a serpente.

O pequeno príncipe a encarou por um longo tempo...

— Você é um animal engraçado — disse ele. — É fina como um dedo...

— Mas sou mais poderosa do que o dedo de um rei.

O pequeno príncipe sorriu.

— Você não é assim tão poderosa. Sequer tem pés, não pode nem viajar...

— Eu posso carregá-lo mais longe do que qualquer navio.

E, tendo dito isso, enrolou-se toda no tornozelo do pequeno príncipe, como um bracelete dourado:

— Quem quer que eu toque, mando de volta para a terra de onde veio — disse a serpente. — Mas você, você é puro e verdadeiro. E, ademais, você veio de uma estrela...

O pequeno príncipe não respondeu.

— Você me dá certa pena. É tão frágil para esta Terra feita de granito... Um dia, posso ajudá-lo. Se por acaso tiver muita saudade do seu planetinha, eu poderia...

— Oh! Mas eu a compreendo muito bem — disse o pequeno príncipe. — Mas por que você sempre fala através de enigmas?

— Eu resolvo todos eles — disse a serpente.

E então, ambos ficaram em silêncio...

# XVIII

O pequeno príncipe atravessou o deserto e encontrou apenas uma única flor. Era uma flor com três pétalas, à toa em meio à vastidão de areia...

— Bom dia — disse o pequeno príncipe.
— Bom dia — disse a flor.
— Onde estão as pessoas? — perguntou com educação.

Aquela flor tinha visto um dia a passagem de uma caravana:

— Pessoas? Bem, eu acredito que existam umas seis ou sete delas... Eu as vi, mas isso foi há muitos anos. No entanto, nunca se sabe onde poderemos encontrá-las. Afinal, o vento as sopra para longe, pois elas não têm raízes — isto torna a sua vida um tanto complicada.

— Adeus — disse o pequeno príncipe.
— Adeus — disse a flor.

# XIX

Depois daquele encontro, o pequeno príncipe decidiu escalar uma grande montanha. As únicas montanhas que havia conhecido até então eram os seus três vulcões, que mal batiam na altura dos seus joelhos. O vulcão inativo era tão pequenino que ele por vezes o usava de banquinho.

"De uma montanha tão alta como essa", pensava consigo mesmo, "eu certamente poderei ver todo o planeta e todas as pessoas de uma só vez..."

Mas não conseguiu ver quase nada, exceto alguns picos rochosos que mais pareciam agulhas afiadas.

— "Bom dia", disse, na esperança de haver alguém pelas redondezas.

— Bom dia... Bom dia... Bom dia... — respondeu o eco.

— Quem é você?

— Quem é você... Quem é você... Quem é você? — respondeu o eco.

— Seja meu amigo, eu estou só...

— Eu estou só... Eu estou só... Eu estou só... — respondeu o eco.

"Que planeta estranho!", pensou. "É todo seco, pontiagudo, áspero e ameaçador. E aqui as pessoas não têm imaginação, apenas repetem o que quer que digamos a elas... Em meu planetinha eu tinha uma flor; ela era sempre a primeira a falar..."

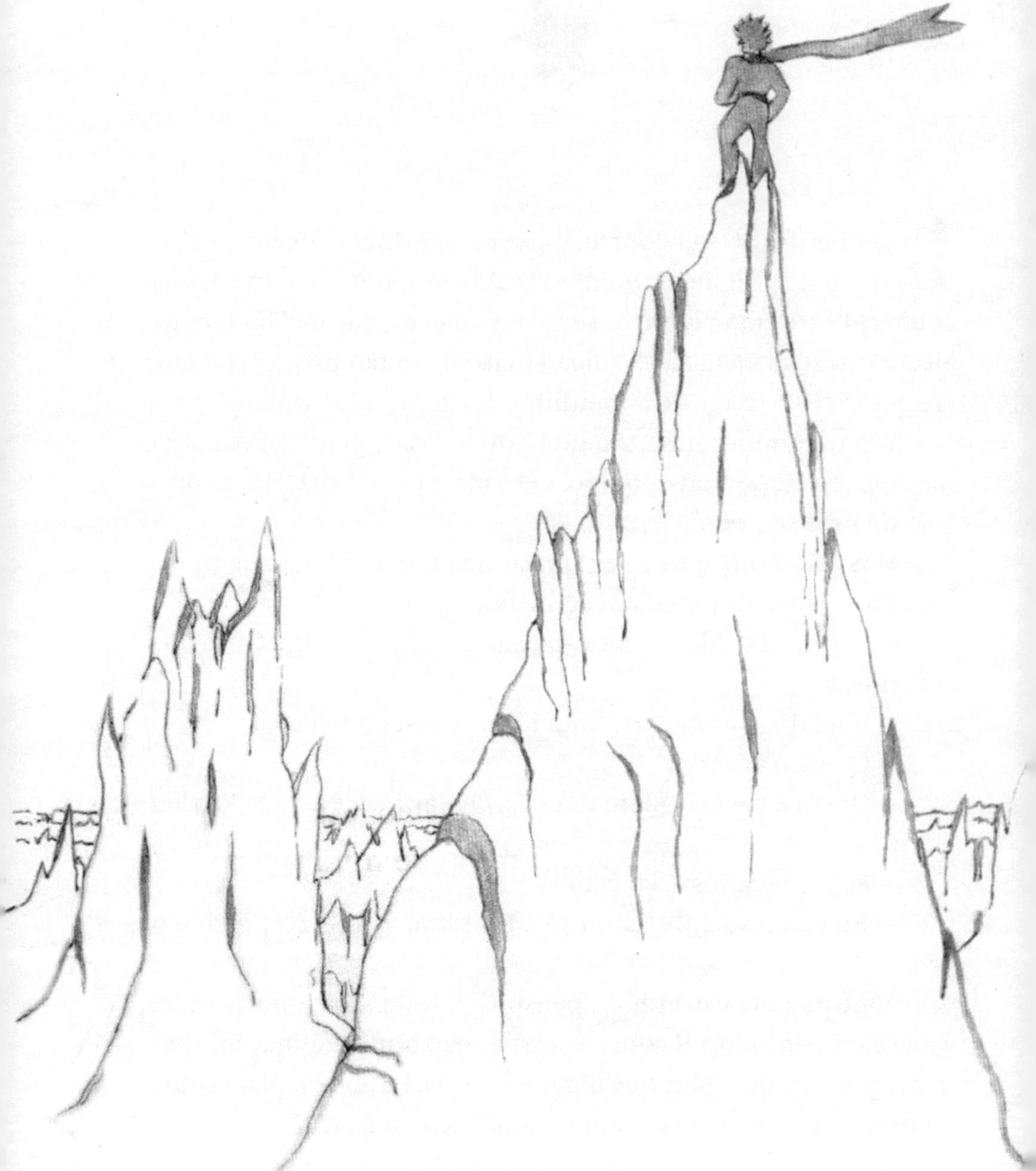

# XX

Mas ocorreu que, após caminhar um longo tempo através de areia, pedras e neve, o pequeno príncipe finalmente acabou chegando a uma estrada. E, como sabemos, todas as estradas levam até onde as pessoas moram.

— Bom dia — ele disse.

Estava em frente a um jardim cheio de rosas:

— Bom dia — disseram as rosas.

O viajante pequenino as contemplou intrigado — todas elas se pareciam com a sua flor.

— Quem são vocês? — ele exigiu explicações.

— Nós somos as rosas — disseram elas.

E então ele foi inundado de tristeza. Afinal, a sua flor havia lhe dito que ela era a única da sua espécie em todo o universo... Mas lá estavam cinco mil delas, iguaizinhas, num único jardim!

"Ela ficaria um tanto chateada", disse para si mesmo, "se visse tal jardim... Sem dúvida, iria tossir terrivelmente, e fingir que está morrendo, para evitar o ridículo. E eu seria obrigado a fingir cuidar dela, para que retornasse à vida — pois se eu não fingisse, era bem capaz de que ela se deixasse levar pela morte..."

E assim, ele prosseguiu com suas reflexões: "Eu pensei que era rico, com uma flor que era única em todo o mundo; e tudo o que tinha era uma rosa comum. Uma rosa comum, e três vulcões que mal chegavam à altura dos meus joelhos — e um deles talvez inativo para sempre... Isso não faz de mim um príncipe tão grandioso..."

Então, ele se deitou na relva e chorou.

# XXI

E foi aí que apareceu a raposa...
— Bom dia — disse a raposa.
— Bom dia — respondeu educadamente o pequeno príncipe, apesar de que não a viu em canto nenhum quando se virou.
— Estou aqui, ao lado da macieira.
— Quem é você? Nossa, você é muito bonita.
— Eu sou uma raposa — disse a raposa.
— Venha brincar comigo — convidou o pequeno príncipe. — Estou um tanto infeliz...
— Eu não posso brincar contigo, ainda não fui cativada.
— Ah! Me desculpe — disse o pequeno príncipe.
Mas, após pensar um tantinho, perguntou:

— O que isto significa, "cativar"?

— Você não é daqui — disse a raposa. — O que é que veio buscar nessas redondezas?

— Eu busco por pessoas — disse o pequeno príncipe. — O que significa "cativar"?

— As pessoas têm armas, e nos caçam. É algo muito perturbador. Elas também costumam criar galinhas. Bem, estes são os seus únicos interesses... Você procura por galinhas?

— Não — disse o pequeno príncipe —, eu procuro por amigos. O que significa "cativar"?

— É algo muito esquecido hoje em dia — disse a raposa. Significa estabelecer laços.

— Estabelecer laços?

— Isso. Para mim, por exemplo, você ainda não passa de um garotinho, igual a cem mil outros garotinhos. E eu não tenho necessidade alguma de estar em sua presença, assim como você não tem necessidade de estar na minha.

"Afinal, para você eu não passo de uma raposa, igualzinha a cem mil outras raposas que existem por aí... Se você me cativar, no entanto, nós passaremos a ter a necessidade de estarmos juntos. Para mim, você será um garotinho único em todo o mundo. E para você, eu serei uma raposa como nenhuma outra na Terra..."

— Estou começando a entender — disse o pequeno príncipe. — Há uma flor... Eu acho que ela me cativou...

— É possível. Aqui na Terra vê-se de tudo.

— Oh, mas não foi na Terra!

A raposa ficou intrigada, e um tanto curiosa:

— Foi noutro planeta?

— Sim.

— E há caçadores nesse planeta?

— Não.

— Ah, que interessante! E há galinhas por lá?

— Não.

— Nada é perfeito... — suspirou a raposa.

Mas logo ela retomou a conversa:

— Minha vida é um tanto monótona. Eu caço as galinhas, e os homens me caçam. Todas as galinhas são iguaizinhas, assim como todas as pessoas. Dessa forma, eu fico um pouco entediada...

Mas se você me cativar, será como se o sol viesse para iluminar a minha vida. Eu saberei do som de passos que serão diferentes do som de quaisquer outros passos.

Outros passos me fazem correr de volta para minha toca debaixo da terra, mas os seus me chamarão, como música, para sair do meu esconderijo.

E olhe: vê os campos de trigo lá no sopé da colina? Bem, eu não como trigo, então os campos de trigo nada têm a me dizer, e isso é triste... Mas você, você tem cabelos dourados. Pense como será maravilhoso quando houver me cativado!

O trigo, que também é dourado, me trará lembranças de você, e eu passarei a amar contemplar os campos de trigo, e ouvir o barulho do vento passando por eles..."

A raposa ficou olhando para o pequeno príncipe por um bom tempo, e depois lhe pediu:

— Por favor, me cative!

— Eu gostaria muito — respondeu o pequeno príncipe. — Mas eu não tenho tanto tempo. Eu tenho amigos por descobrir, e muitas coisas ainda por compreender.

— Alguém só consegue compreender aquilo que cativa. As pessoas já não têm tempo para compreender coisa alguma. Elas compram tudo pronto nos seus mercados, mas não há loja alguma onde a amizade possa ser comprada, e assim as pessoas não têm mais amigos. Se você realmente quer um amigo, me cative...

— O que eu preciso fazer para cativá-lo? — perguntou o pequeno príncipe.

— Bem, você precisa ser muito paciente. Primeiro, você vai se sentar a uma certa distância de mim — desse jeito — na grama. Então eu olharei para você de canto de olho, e você não deverá dizer nada. Palavras são uma fonte de mal- -entendidos. A cada dia, no entanto, você irá se sentar um pouquinho mais perto de mim...

No outro dia, o pequeno príncipe retornou ao mesmo local...

— Teria sido melhor que viesse no mesmo horário — disse a raposa. — Se, por exemplo, você vier às quatro da tarde, então desde as três da tarde eu já começarei a ficar feliz. Daí eu ficarei cada vez mais feliz na medida em que as horas forem passando. Às quatro horas, eu já estarei inquieta e preocupada, mas lhe mostrarei o quão feliz fiquei em vê-lo!

"Mas se você vier a qualquer hora, eu nunca saberei em qual hora meu coração deverá se preparar para recebê-lo... É preciso que obedeçamos a certos ritos..."

— O que é um rito? — perguntou o pequeno príncipe.

— São coisas que também foram esquecidas nos dias de hoje — disse a raposa. — Os ritos são o que faz um dia ser diferente do outro, e uma hora diferente da outra. Há, por exemplo, um rito entre os homens que me caçam: toda quinta-feira eles vão dançar com as garotas do vilarejo. Daí a quinta-feira é um dia maravilhoso para mim!

"Nesse dia, eu posso passear até bem longe, posso ir até as vinhas... Mas, se os caçadores fossem dançar a qualquer dia, então todo dia seria para mim como qualquer outro, e eu não teria a quinta-feira para descansar."

Assim, o pequeno príncipe cativou a raposa.

E, quando a hora da sua despedida se aproximou, a raposa lhe disse:

— Ah, eu vou chorar.

— Mas isto é sua culpa — disse o pequeno príncipe. — Eu nunca lhe quis nenhum mal; mas você insistiu para que eu a cativasse...

— Sim, é verdade — disse a raposa.

— Mas agora você vai chorar!

— Sim, é verdade.

— Então isso não lhe trouxe nada de bom! Você não sai ganhando em nada...

— Ganho, sim — disse a raposa —, por causa da cor dos campos de trigo.

E então ela ainda acrescentou:

— Vá observar novamente as rosas. Agora você deverá compreender que a sua rosa é única em todo o mundo. Daí, venha me dizer adeus, e eu lhe darei de presente um segredo.

O pequeno príncipe se foi para ver as rosas novamente:

— Vocês não são nem um pouco parecidas com a minha rosa — ele lhes disse. — No momento, vocês ainda são como nada. Ninguém as cativou, e vocês ainda não cativaram ninguém. Vocês são como a minha raposa quando a vi pela primeira vez. Ela era somente uma raposa como cem mil outras raposas. Mas hoje nós somos amigos, e ela é para mim uma raposa única em todo o mundo.

E as rosas ficaram muito desapontadas...

— Vocês são belas, mas são vazias — ele prosseguiu. — Ninguém iria morrer por vocês. De fato, um transeunte qualquer poderia pensar que a minha rosa se parece muito com vocês... Mas ela, apenas ela, é mais importante do que todas vocês, pois foi somente ela a rosa que eu reguei; foi somente ela a rosa que eu coloquei sob a redoma de vidro; foi somente ela que eu protegi com o para-vento; foi somente por ela que eu matei as larvas (exceto as duas ou três que salvei para que se tornassem borboletas).

"E foi somente ela que eu tive paciência de escutar, enquanto se queixava ou se gabava, ou mesmo quando não dizia absolutamente nada. Pois ela é a minha rosa."

E assim, ele retornou para se despedir da raposa:

— Adeus — ele disse.

— Adeus — disse a raposa. — E agora, como prometido, aqui vai o meu segredo. De fato, é um segredo bem simples: é somente com o coração que podemos ver corretamente; o essencial é invisível aos olhos.

— O essencial é invisível aos olhos — repetiu o pequeno príncipe, para que tivesse certeza de que iria se lembrar.

— Foi o tempo que perdeu com a sua rosa que fez dela uma rosa tão importante.

— Foi o tempo que perdi com a minha rosa... — repetiu o pequeno príncipe, para que tivesse certeza de que iria se lembrar.

— As pessoas esqueceram essa verdade — disse a raposa. — Mas você não deve esquecer. Você se torna eternamente responsável pelo que cativou. Você é responsável por sua rosa...

— Eu sou responsável por minha rosa — repetiu o pequeno príncipe, para que tivesse certeza de que iria se lembrar.

# XXII

—Bom dia — disse o pequeno príncipe.
— Bom dia — disse o manobreiro da ferroviária.
— O que você faz por aqui?
— Eu organizo os passageiros, em grupos de mil. Daí eu envio os trens que irão carregá-los: um para a via direita, outro para a esquerda.

E um trem expresso, cheio de luzes cintilantes, sacudiu a cabine do manobreiro enquanto passava, com um estrondo que mais parecia um trovão.

— Eles estão com muita pressa — disse o pequeno príncipe. — Do que eles estão atrás?

— Nem mesmo o maquinista da locomotiva sabe ao certo — disse o manobreiro.

E um segundo trem expresso iluminado passou trovejando, desta vez na direção oposta.

— Eles já estão de volta? — perguntou o pequeno príncipe.
— Esses já não eram os mesmos — explicou o manobreiro. — Há uma troca de passageiros.

— Eles não se sentiam satisfeitos onde estavam?
— Ninguém nunca se sente satisfeito onde está.

E eles ouviram o estrondo trovejante de um terceiro expresso iluminado.

— Eles estão atrás dos primeiros viajantes que saíram? — quis saber o pequeno príncipe.

— Eles não estão atrás de nada — respondeu o manobreiro. — Eles seguem todos sonolentos nos vagões, e aqueles que já não dormiram estão bocejando. Somente as crianças estão apertando seus narizes contra as janelas.

— Apenas as crianças sabem do que estão atrás — disse o pequeno príncipe. — Elas perdem o seu tempo com uma boneca de pano, e ela se torna uma boneca muito importante para elas; e se alguém tenta as separar uma da outra, elas logo começam a chorar...

— Sim, elas são um tanto sortudas — disse o manobreiro.

# XXIII

—Bom dia — disse o pequeno príncipe.
— Bom dia — disse o comerciante.
Era um comerciante que vendia pílulas inventadas especialmente para matar a sede. Você precisaria engolir somente uma pílula por semana, e não sentiria necessidade alguma de beber.
— Por que você está vendendo essas pílulas? — perguntou o pequeno príncipe.
— Porque elas nos poupam um tempo enorme — explicou o comerciante. — Os peritos fizeram todos os cálculos: com uma dessas, você economiza cinquenta e três minutos a cada semana.
— E o que você faz com esses cinquenta e três minutos?
— Qualquer coisa que lhe der na telha...
"Bem, quanto a mim", pensou consigo mesmo o viajante pequenino, "acaso tivesse cinquenta e três minutos para usar como me desse na telha, eu caminharia tranquilamente até uma fonte de água fresca."

# XXIV

Agora estávamos no oitavo dia desde o meu acidente no deserto, e enquanto eu ouvia a história do comerciante, por acaso bebia a última gota de água que restava em meu cantil.

— Ah — eu disse ao pequeno príncipe —, estas suas memórias são mesmo encantadoras; mas eu não consegui consertar o meu avião, e agora já não temos nada para beber... De modo que eu também ficaria muito feliz em poder caminhar tranquilamente até uma fonte de água fresca!

— Minha amiga, a raposa, me disse...

— Meu querido pequenino, este assunto não tem nada a ver com a sua raposa!

— Por que não?

— Porque estou prestes a morrer de sede...

Ele não seguiu a minha lógica, porém me respondeu assim:

— É algo bom ter tido um amigo, mesmo que estejamos prestes a morrer. Eu, por exemplo, sou muito agradecido pode ter tido uma raposa como amiga...

"Ele é incapaz de avaliar o perigo", pensei comigo mesmo. "Tampouco passou por fome ou sede nesses dias todos. Um pouco de luz do sol parece ser tudo o que precisa..."

Mas enquanto eu refletia, ele me encarou firmemente e respondeu aos meus pensamentos:

— Eu também tenho sede. Vamos procurar por um poço d'água...

Não pude evitar um semblante de desânimo. É absurdo sair em busca de um poço, ao acaso, pela imensidão do deserto. No entanto, mesmo assim começamos nossa aventura.

Nós caminhamos pelas areias por várias horas, em silêncio, até que desceu a noitinha, e em seguida as estrelas começaram a aparecer. A sede havia me deixado um pouco febril, e eu as contemplei como se aquilo tudo fosse um sonho...

As últimas palavras do pequeno príncipe ecoaram de volta em minha mente, e ainda lembrei de haver lhe perguntado:

— Então você também tem sede?

Mas ele não respondeu a minha questão, apenas me disse isto:

— A água também pode ser boa para o coração...

Eu não entendi, mas tampouco disse nada. Eu sabia muito bem que era impossível interrogá-lo. Além disso, ele estava cansado e logo se sentou. Eu me sentei ao seu lado. Daí, após algum tempo de puro silêncio, ele falou:

— As estrelas são belas. Elas são belas por causa de uma flor que não pode ser vista.

— É verdade — respondi. E, sem dizer mais coisa alguma, olhei para os cumes ondulados de areia no horizonte, iluminados pela luz da lua.

— O deserto é belo — disse o pequeno príncipe.

E também era verdade. Eu sempre amei o deserto. Quando nos sentamos em uma das suas vastas dunas de areia, nada vemos, e nada ouvimos. Ainda assim, oculto em meio ao silêncio, algo lateja e cintila...

— O que torna o deserto belo — explicou o pequeno príncipe — é que nalgum lugar ele esconde um poço...

Eu fiquei atônito ao compreender, de súbito, a misteriosa radiação das areias. Quando eu era um garotinhocresci numa casa antiga, e havia uma lenda que dizia que um tesouro estava enterrado em seu quintal.

É verdade que ninguém nunca o encontrou, mas talvez ninguém nunca o tenha realmente buscado. Mesmo assim, a lenda lançava um ar de encantamento sobre aquela casa antiga. Minha casa escondia um segredo nas profundezas do seu coração...

— Sim — eu disse ao pequeno príncipe —, a casa, as estrelas, o deserto — o que lhes confere a sua beleza é algo que é invisível!

— Eu fico feliz que concorde com a minha raposa.

Assim que o viajante pequenino se deitou e adormeceu, eu o tomei em meus braços e reiniciei a caminhada. Eu sentia uma emoção profunda, pois era como se eu estivesse carregando um tesouro bem frágil. De fato, naquele momento me parecia que não existia nada mais frágil em toda a Terra.

Sob a luz da lua, eu observei o seu rosto pálido, seus olhos fechados, seus cachos dourados sendo agitados pela brisa, e pensei comigo mesmo:

"O que eu vejo não é nada além de uma casca. O que é mais importante é invisível..."

E quando seus lábios se moveram um pouco, dando a sensação de um meio sorriso, eu continuei refletindo:

"O que me emociona tão profundamente neste pequeno príncipe que dorme em meu colo é a sua lealdade para com uma flor — a imagem de uma rosa que cintila por todo o seu corpo como a chama de uma lamparina, mesmo enquanto dorme..."

E senti como se ele se tornasse ainda mais frágil. Senti a necessidade de protegê-lo e abraçá-lo ainda mais forte, como se ele fosse uma chama que pudesse ser apagada por qualquer pequena lufada de vento...

Então, conforme continuei minha aventura noturna, encontrei o poço ao nascer do dia.

# XXV

— As pessoas — disse o pequeno príncipe — seguem seu caminho nos trens expressos, mas elas não sabem realmente o que estão buscando. Então elas vivem correndo, estressadas, dando voltas em torno do mesmo lugar...

E, logo após, concluiu:

— E nada disso vale a pena...

O poço que nós encontramos não era como os demais poços d'água do Saara. Os poços do deserto geralmente são somente buracos cavados na areia, e este era como o poço de um vilarejo.

Mas não havia vilarejos por perto, e eu pensei que deveria estar sonhando...

— É estranho — eu disse ao pequeno príncipe —, tudo está pronto para ser usado: a roldana, o balde, a corda...

E ele sorriu, pegou a corda e fez girar a roldana. E a roldana gemeu toda, como um velho cata-vento há muito esquecido pelos ventos.

— Você ouviu isso? — disse o pequeno príncipe. — Nós despertamos o poço, e ele está cantarolando...

Eu não queria que ele se cansasse puxando a corda:

— Deixa isso comigo, é muito pesado para você.

Eu icei o balde lentamente até a beirada do poço e o deixei lá — estava cansado, porém um tanto feliz pela minha conquista. O cântico da roldana ainda ecoava em meus ouvidos, e podia ver a luz do sol refletir nas águas ainda agitadas.

— Eu tenho sede desta água — disse o pequeno príncipe. — Me dê um pouco para beber...

E eu compreendi o que ele esteve buscando.

Eu levei o balde aos seus lábios. Ele bebeu, e seus olhos se fecharam. Era doce como o deleite que sentimos numa festa. Aquela água era realmente diferente de um líquido comum, sua doçura havia nascido da caminhada sob as estrelas, da canção da roldana, do meu esforço em içar o balde.

Era boa para o coração, como um presente. Quando eu era um garotinho, as luzes da árvore de Natal, a música da Missa do Galo, a ternura dos sorrisos, todas costumavam compor o encanto dos presentes que eu recebia.

— As pessoas daqui — disse o pequeno príncipe — cultivam cinco mil rosas num mesmo jardim, e não encontram nele aquilo que estavam buscando.

— Sim, não encontram — eu concordei.

— E assim mesmo aquilo que estavam buscando pode ser encontrado numa única rosa, ou num pouco de água.

— Sim, é verdade.

E então, ele prosseguiu:

— Mas os olhos são cegos, devemos contemplar com o coração...

Eu tinha bebido daquela água e respirava tranquilo. Ao nascer do sol, as areias adquirem a cor do mel. E a cor do mel também me deixava contente. O que me trouxe, então, aquela aflição?

— Você deve manter a sua promessa — disse o pequeno príncipe, suavemente, enquanto se sentava novamente ao meu lado.

— Que promessa?

— Você sabe, a mordaça para o meu carneiro... Eu sou responsável por aquela flor...

Eu retirei do meu bolso alguns rascunhos de desenhos, e o pequeno príncipe os inspecionou e riu, dizendo:

— Os seus baobás se parecem um pouco com repolhos.
— Oh!

Eu tinha ficado tão orgulhoso dos meus baobás!

— Sua raposa — suas orelhas se parecem um pouco com chifres; e são muito longas.

E ele riu novamente.

— Você não está sendo justo — eu reclamei. — Eu não sei desenhar nada além de jiboias abertas ou fechadas.

— Oh, está tudo bem — ele me acalmou. — As crianças compreendem isso.

Então eu fiz o desenho de uma mordaça com meu lápis, e enquanto lhe entregava de presente, senti um aperto súbito no coração:

— Você tem planos que eu desconheço.

Mas ele não me respondeu. Em vez disso, me disse:

— Você sabe, minha descida à Terra... Amanhã será o aniversário.

Então, após um breve silêncio, prosseguiu:

— Eu desci bem próximo daqui.

Dizendo isso, ele corou. E, sem bem entender o motivo, eu tive uma sensação estranha de tristeza. No entanto, ainda me veio esta questão:

— Então não foi por acaso que na manhã em que eu o encontrei pela primeira vez — há uma semana — você estava vagando só, a milhares de quilômetros de qualquer região habitada? Você estava tentando voltar ao local onde havia chegado à Terra?

O pequeno príncipe corou de novo.

E, com alguma hesitação, eu continuei:

— Talvez tenha sido por conta do aniversário?

E corou novamente. O pequeno príncipe nunca respondia diretamente as minhas perguntas, mas, quando alguém fica corado, isso não quer dizer um "sim"?

— Bem — eu lhe disse —, eu estou com um pouco de medo...

Mas foi aí que ele me interrompeu:

— Agora você deve trabalhar, deve retomar o conserto do seu motor. Eu devo esperá-lo por aqui, volto amanhã pela tardinha...

Mas aquela atitude não me deixou tranquilo... Eu me lembrei da raposa — corremos o risco de chorar um pouquinho, caso nos deixemos cativar...

# XXVI

Ao lado do poço havia a ruína de um antigo muro de pedra. Quando retornei do meu trabalho com o motor do avião, na tardinha do dia seguinte, vi de alguma distância o pequeno príncipe sentado no topo do muro, com os pés balançando, e o ouvi dizer assim:

— Então você não se lembra, este não é o ponto exato.

Uma outra voz deve ter respondido, pois ele disse:

— Sim, sim! Hoje é o dia correto, mas este não é o local.

Eu continuei a me aproximar do muro. Em nenhum momento, consegui ver ou ouvir mais ninguém. No entanto, o pequeno príncipe respondeu uma vez mais:

— Exato. Você vai ver onde começa o rastro dos meus passos na areia. Não precisa fazer mais nada além de me esperar por lá. Estarei lá hoje à noite.

Eu já estava a apenas vinte metros do muro, e ainda não conseguia ver ninguém além do pequeno príncipe.

Então, após algum silêncio, ele falou de novo:

— Você tem um bom veneno? Tem certeza de que não me fará sofrer por muito tempo?

Eu parei no meio do caminho, sentindo o meu coração dilacerar, mas ainda sem compreender...

— Agora vá embora — disse o pequeno príncipe. — Eu quero descer deste muro.

Então eu baixei meus olhos para o pé do muro, e pulei de susto! Lá estava, bem na minha frente, encarando o pequeno príncipe, uma daquelas serpentes amarelas que podem tirar a nossa vida em trinta segundos.

Enquanto enfiava a mão nos bolsos para sacar o meu revólver, comecei a apertar o passo na direção deles. No entanto, quando ouviu o barulho dos meus passos, a serpente se deixou engolfar pelas areias, como um esguicho d'água que vai sumindo lentamente num lago amarelado. E, sem parecer ter pressa alguma, desapareceu entre as pedras com um leve ruído metálico.

Eu cheguei ao muro bem a tempo de agarrar o meu viajante pequenino nos braços; sua face estava branca como a neve.

— O que isto significa? — exigi uma explicação. — Por que você está conversando com cobras?

Eu afrouxei o nó do cachecol dourado que ele sempre usava no pescoço, umedeci seu rosto e lhe dei um pouco da água do meu cantil. E naquele momento eu não ousava lhe perguntar mais coisa alguma. Ele me fitou direto nos olhos e cruzou os braços em torno do meu pescoço. Eu senti o seu coração batendo como o coração de um pássaro à beira da morte, abatido pelo rifle de algum caçador...

— Eu fico feliz em saber que conseguiu resolver o problema com o seu motor — ele me disse. — Agora você pode voar de volta para casa...

— Como você sabe disso?

Eu vinha exatamente para lhe contar como tive sucesso no conserto do meu motor, contra todas as expectativas...

E ele novamente não me respondeu, mas disse assim:

— Hoje eu também estou voltando para casa...

Daí complementou, com certa melancolia:

— É muito mais distante... Uma viagem bem mais difícil que a sua...

Eu percebi claramente que algo de extraordinário se passava ali. Eu o segurava apertado em meus braços, como se ele fosse uma criancinha, e mesmo assim era como se ele estivesse caindo num abismo do qual eu não podia fazer nada para protegê-lo... Seu olhar estava muito compenetrado, como alguém perdido num lugar distante:

— Eu tenho o seu carneiro, e também a sua caixa para o carneiro. Além da mordaça...

E ele me deu um sorriso tristonho.

Eu ainda esperei por um longo tempo, eu podia perceber que ele estava se recobrando pouco a pouco...

— Meu querido pequenino — eu disse a ele —, você tem medo...

Ele realmente tinha medo, não havia nenhuma dúvida. Mas ainda assim ele riu suavemente e me disse:

— Terei ainda mais medo esta noite...

Uma vez mais eu me senti gelar com a sensação de algo que parecia inevitável. Eu sabia que não poderia lidar com a ideia de nunca mais ouvir aquela risada doce novamente. Para mim, era ela como uma fonte de água fresca em meio ao deserto:

— Meu querido pequenino, eu quero muito voltar a ouvir suas risadas.

Mas ele me disse:

— Esta noite, se completará um ano... Então, a minha estrela poderá ser vista bem acima do local onde eu cheguei à Terra, um ano atrás...

— Pequenino — eu disse —, me diga que isso tudo é tão somente um sonho ruim — essa história com a serpente, o tal local onde voltarão a se encontrar, e a estrela...

Mas ele não respondeu ao meu apelo. Em vez disso, me disse assim:

— O que é importante é aquilo que não se vê...

— Sim, eu sei...

— É como ocorre com a flor. Caso você ame uma flor que mora numa estrela, é doce poder contemplar o céu noturno. Todas as estrelas estarão florescendo...

— Sim, eu sei...

— É como ocorre com a água. Por conta da roldana e da corda, a água que me deu para beber se parecia com música. Você se lembra como foi bom...

— Sim, eu lembro...

— E durante a noite você irá contemplar as estrelas. Como onde eu vivo tudo é tão pequenino, não poderei lhe mostrar onde a minha estrela pode ser encontrada, mas é melhor assim.

"A minha estrela será, para você, uma entre as demais. E assim você amará observar todas as estrelas do céu... E todas elas serão suas amigas. Além disso, eu ainda lhe darei um presente..."

E riu um pouquinho de novo.

— Ah, pequeno príncipe, meu querido pequenino! Eu amo ouvir esta risada!

— Este é o meu presente, só isso. Será como foi quando nós bebemos da água do poço...

— O que está tentando dizer?

— Todas as pessoas possuem as estrelas — ele respondeu, "mas elas não têm o mesmo significado para todos. Para alguns, que são viajantes, as estrelas são guias. Para outros ,elas não são nada além de luzes pequeninas no céu. Para outros, que são estudiosos, elas são problemas. Para o homem de negócios que encontrei, elas significavam riquezas. Mas todas estas estrelas são silenciosas. Você, somente você, terá as estrelas como ninguém mais as têm...

— O que está tentando dizer?

— Numa das estrelas eu estarei morando. Noutra, sorrindo. E então, será como se todas elas estivessem sorrindo, quando você observar o céu noturno... Você, somente você, terá estrelas que podem sorrir!

E riu um pouco mais.

— E quando a sua tristeza for consolada (o tempo consola todas as tristezas), você se sentirá contente por um dia haver me conhecido.

Você sempre será meu amigo, você sempre desejará rir junto comigo. E, de vez em quando, você abrirá sua janela somente para rir um pouquinho... E os seus amigos ficarão devidamente intrigados ao ver você rindo enquanto olha para o céu!

E daí você dirá a eles: 'Sim, as estrelas sempre me fazem sorrir!', e eles pensarão que você é maluco. Esta será uma peça que lhe prego...

E riu novamente.

— Será como, no lugar das estrelas, eu tivesse lhe dado um montão de sinetes que sabem quando rir...

E riu de novo, mas logo se tornou sério:

— Esta noite, você sabe... Não venha.

— Eu não o abandonarei — respondi.

— Eu aparentarei estar sofrendo. Eu aparentarei estar morrendo. É assim que essas coisas são... Mas não venha ver, não vale a pena...

— Eu não o abandonarei — insisti.

Mas ele se preocupou:

— Deixe-me explicar melhor — é também por conta da serpente. Ela não deve mordê-lo. As serpentes são criaturas maliciosas, e esta poderia mordê-lo só por diversão...

— Eu não o abandonarei.

Mas veio um pensamento que o tranquilizou:

— Porém, é também verdade que o veneno delas não é suficiente para uma segunda mordida.

Naquela noite, eu não o vi seguir seu caminho. Ele se desvencilhou de mim sem fazer barulho algum. Quando corri e acabei o encontrando pelo deserto, ele seguia num passo firme e ligeiro. Quando me viu, somente me disse assim:

— Ah! Aí está você...

E ele me deu a mão e me conduziu pelo caminho, mas ainda estava preocupado:

— Você fez mal em vir, agora irá sofrer. Parecerá que estarei morto, e isso não será verdade...

Eu não lhe disse nada.

— Você compreende? Minha casa é muito distante... Eu não posso carregar este corpo comigo, é muito pesado.

Eu não lhe disse nada.

— Mas o que restar será como uma antiga casca abandonada. E não há nada de triste acerca de cascas antigas...

Eu não lhe disse nada.

Ele pareceu perder um pouco da sua coragem, mas fez um esforço a mais:

— Você sabe, será bem interessante... Eu, como você, também irei contemplar as estrelas. Todas as estrelas serão como poços d'água com roldanas enferrujadas, e todas elas me servirão água fresquinha para beber...

Eu não lhe disse nada.

— Será tão divertido! Você terá quinhentos milhões de sinetes, e eu terei quinhentos milhões de fontes d'água...

E ele não disse mais nada por um tempo, pois estava chorando.

— É aqui. Deixa que eu prossiga sozinho.

E ele se sentou, pois tinha medo. Daí, ainda me disse novamente:

— Você sabe, a minha flor... Eu sou responsável por ela. E ela é tão frágil! Tão ingênua! Ela tem quatro espinhos, que não lhe servirão de nada, para se proteger de todo o mundo...

Eu também me sentei, pois não tinha mais condições de permanecer de pé.

— Pronto, isso é tudo... — disse o pequeno príncipe.

Ele ainda hesitou um pouco, e então se levantou e deu um passo à frente. Eu não conseguia sequer me mover.

Não houve nada além de um faiscar amarelo próximo ao seu tornozelo. Ele permaneceu imóvel por um instante, nem sequer gritou...

E tombou suavemente, como caem as árvores. Não houve sequer um barulho, por conta da areia.

# XXVII

E hoje já se foram seis anos... Nunca havia contado esta história antes. Os companheiros que me encontraram em meu retorno ficaram muito contentes de me ver vivo. E eu estava triste, mas lhes disse:

— Estou cansado.

A minha tristeza hoje já foi um pouco consolada, porém não inteiramente. Mas eu sei que ele voltou ao seu planeta, pois não encontrei o seu corpo ao nascer do dia. Não era um corpo tão pesado que pudesse haver afundado nas areias...

E, na chegada da noitinha, amo ouvir as estrelas. É como escutar o som de quinhentos milhões de sinetes...

Mas há algo de extraordinário... Quando eu desenhei a mordaça para o pequeno príncipe, eu me esqueci de incluir a correia de couro. Sem ela ele nunca conseguiria prendê-la devidamente no carneiro. Então, eu fico imaginando o que estaria ocorrendo em seu planeta, talvez o carneiro possa ter devorado a sua flor...

Às vezes, eu digo para mim mesmo: "Certamente que não! O pequeno príncipe guarda a sua flor sob a redoma de vidro todas as noites, e ele deve vigiar o seu carneiro com muito cuidado...". Então eu fico feliz, e percebo uma doçura no sorriso de todas as estrelas.

Mas noutras vezes eu digo: "Nalgum momento a gente se distrai, e daí já é o bastante! Bastaria ele esquecer de proteger a sua flor com a redoma numa noite, e o carneiro poderia sair de mansinho, sem fazer barulho, e...". E então o som dos sinetes se convertem em pranto.

Aqui reside, portanto, um grande mistério. Para vocês que também amam o pequeno príncipe, e para mim, nada no universo pode continuar o mesmo acaso nalgum canto, não sabemos exatamente onde, um carneiro que nunca vimos tiver ou não devorado uma rosa...

Olhem para o céu e se perguntem: sim ou não? Teria o carneiro comido a rosa? E verão como tudo muda...

E nenhuma pessoa grande jamais compreenderá o quanto isso é importante!

*Esta é, para mim, a paisagem mais amável e triste em todo o mundo...*

É a mesma do final do capítulo anterior, mas eu a desenhei novamente para deixá-la estampada em suas memórias. Foi aqui que o pequeno príncipe apareceu na Terra, e depois desapareceu.

Olhem atentamente para ela, assim vocês poderão reconhecê-la acaso um dia viajem até o deserto africano. E, se cruzarem com esse local, peço que não tenham pressa. Esperem por algum tempo ali, exatamente debaixo daquela estrela.

Daí, se aparecer um ser pequenino que ri com doçura, que tem o cabelo dourado e que se recusa a responder questões, vocês saberão quem é... Se isso acontecer, não me deixem aqui tão triste, me escrevam logo dizendo que ele retornou.

**ASSINE NOSSA NEWSLETTER E RECEBA INFORMAÇÕES DE TODOS OS LANÇAMENTOS**

**www.faroeditorial.com.br**

FARO EDITORIAL

ESTA OBRA FOI IMPRESSA
EM FEVEREIRO DE 2023